조각보의 꿈

국립중앙도서관 출판예정도서목록(CIP)

조각보의 꿈 : 서현복 수필집 / 지은이: 서현복. -- 서울 :
선우미디어, 2015
     p. ; cm

경남문화예술진흥원으로 제작비 일부를 지원받았음
ISBN 978-89-5658-417-1 03810 : ₩12000

한국 현대 수필[韓國現代隨筆]

814.7-KDC6
895.745-DDC23   CIP2015030979

조각보의 꿈

1판 1쇄 발행 | 2015년 11월 25일

지은이 | 서현복
발행인 | 이선우
펴낸곳 | 도서출판 선우미디어

    등록 | 1997. 8. 7 제305-2014-000020
    02643 서울시 동대문구 장한로12길 40, 101동 203호
    ☎ 2272-3351, 3352 팩스: 2272-5540
    sunwoome@hanmail.net
    Printed in Korea ⓒ 2015. 서현복

값 12,000원

ISBN 89-5658-417-1 03810

※ 잘못된 책은 바꿔 드립니다.
※ 저자와의 협의하에 인지 생략합니다.
※ 이 도서의 국립중앙도서관 출판시도서목록(CIP)은 서지정보유통지원시스템
   홈페이지(http://seoji.nl.go.kr)와
   국가자료공동목록시스템(http://www.nl.go.kr/kolisnet)에서 이용하실 수 있습니다.
   (CIP제어번호:2015030979)
※ 이 책은(재)경남문화예술진흥원으로부터 제작비 일부를 지원받았습니다.

경남문화예술진흥원 경상남도 한국문화예술위원회

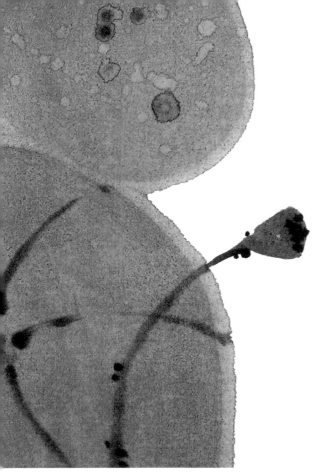

서현복 수필집

조각보의 꿈

선우미디어

책머리에

이제야 처녀 수필집을 내놓는다.
등단한 지 25년째다.
말이 씨가 된다더니 맞는 말인가 싶다.
평생 한 번쯤 내리라며 느긋하다가 노처녀가 되어버렸다.
막상 열매 거두려하니 숫처녀 마음처럼 수줍어진다.

소녀 적에 싹 틔운 바탕그림에
늦깎이로 시작한 문학의 길.
좀 더 치열할 걸 뉘우치며
뒤처진 추수나마 서둘러 보니
쭉정이거나 유통기한 넘긴 구닥다리들이다.

삶속에서 주운 소재를 다듬고 간추려

사유의 뜰에 비추어가면서
마음의 창에 갈무리 해두었다가
좋은 글 쓰려고 애써보지만 늘 허허롭기만 하다.
이제라도 신선하게 잘 익은 김치처럼
맛깔스런 수필을 써보고 싶은 바람이다.

기꺼이 서평을 써주신 정목일 선생님께 감사드린다.
문학의 길을 터주고 북돋아주신 고영조 선생님과,
책을 내는데 도움을 준 황광지, 손정란, 고옥희 선생에게
고마움 가득하다.
오래 전 인연 이선우 사장이 출판을 맡아줘 기쁘고,
항상 힘이 되어준 남편과 가족들에게 사랑을 전한다.

2015년 가을에   서 현 복

Chapter **2**

피아노소리

Chapter **3**

편지와 스마트폰

Chapter

5

오래된 풍경화

아드님 존경합니다

자정으로부터 시간은 흐른다. 고인 물 같은 산수가 바위틈을 지나며
노래 부를 때 비로소 계곡물이 흐르고 있음을 느끼게 되듯이. 자정을
맞이하고 보내면서 쉬지 않고 흐르는 시간의 동작을 실감한다. ……
　바로 그 시각, 새로운 오늘의 출발선에 내가 있고 싶다. 어느 때보다
도 상념의 실마리가 이어지는 시각이며 잊었던 자신을 만나는 자리이
기도 하다.　- 본문 중에서

자정(子正)의 상념

'땡-.'

차임벨의 영롱한 멜로디가 한 점에 머물 때, 자정이라고 이름 짓는 그 순간에, 오늘이 어제가 되고 내일이 오늘 되어 내게로 온다.

"엄마, 내일은 언제여요?"

"한 밤 자면 내일이란다."

하룻밤을 자고 나서 아이가 눈 비비며,

"엄마, 지금이 내일이지요?"

아이는 의기양양하게 말했지만 엄마는 아이 손에 내일을 쥐어줄 수가 없다.

자정으로부터 시간은 흐른다. 고인 물 같은 산수가 바위틈을 지나며 노래 부를 때 비로소 계곡물이 흐르고 있음을 느끼게 되듯이. 자정을 맞이하고 보내면서 쉬지 않고 흐르는 시간의 동작을 실감한다.

자정 앞에 있으면 눈 깜짝할 사이에 하루가 바뀌고 현재가 과거 속에 묻혀버린다. 그리고 다시 초침은 미래를 향하여 나아가고 있음을 본다.

자정 무렵엔 거의 깨어 있다. 퍼스널 타이머와 좌등의 플러그를 연결시킨 후 이윽고 다가올 자정을 맞이하기 위하여 책상 앞에 앉는다. 신호음에 맞추어서 오른손 검지 끝으로 타이머의 한 점을 누르면 전광판이 12시에 고정된다. 괘종시계도 열둘을 헤아린다.

바로 그 시각, 새로운 오늘의 출발선에 내가 있고 싶다. 어느 때보다도 상념의 실마리가 이어지는 시각이며 잊었던 자신을 만나는 자리이기도 하다.

아무 것도 거둔 것 없는 소모성의 하루를 자성해 본다. 좀더 일찍 시간의 흐름을 인식하여 최선을 다했더라면, 지금보다 나은 내 모습을 만날 수도 있었을 텐데 덧없이 보낸 시간이 아쉬워진다.

섣달그믐 제야는 온 가족이 같이 맞이하고 함께 보낸다. 아직까지 불문율처럼 지켜지고 있다. 한 해가 바뀌는 순간을 다같이 지켜보려 함이다.

'제야의 종'이 시그널 뮤직처럼 울리는 자정에 우리는 촛불 앞에서 묵상하고 생각을 정리한다. 다가오는 새해를 겸허하게 맞이하기 위하여 마음을 모으려는 몸짓이기도 하다. 각기 한 해라는 징검다리를 건너면서 반성과 다짐을 한다. 숙연한 표정으로 제야의 종이 다 울리는 순간까지 기도하는 자세이다.

그림같이 예쁜 집에서 현모양처가 되는 것이 장래희망이었다. '부잣집 맏며느리 감'이라던 선생님 말씀이 솔깃했나보다. 쉬워만 보이던 일이 결코 만만치 않은 일이었음을 깨닫는데 꽤 시간이 걸렸다. 잘해 내리라 믿었던 '현모양처' 자리가 녹록하지 않다는 걸 지명의 나이에야 깨닫게 된다. 어진 어머니와 좋은 아내 그리고 맏며느리로 딸로 아직 내 어깨는 무겁기만 하다.

'나'의 존재는 형체마저 희미해져 갔다. 뒤늦은 후회의 시간들이 흘러간 뒤에 사라지려는 '나'를 움켜쥔다. 글을 쓰는 일은 나를 찾는 첫 시도이다. 숱한 실타래를 가다듬고 간추려서 삶의 편린 속에 끼워 넣는 일이다.

아직은 '저 눈부신 가능의 암시'라고 믿고 싶어서 수첩에 적
힌 '내일'이라는 시를 자꾸 읊조려 본다. 내일을 눈으로 확인
하고 싶어 하는 아이들에게는 이렇게 말하리라.

"너희들이 나의 내일이야"라고.

그리고 염원한다. 이 자정의 상념들이 새해에 고운 꽃으로
피어나기를.

바리때

말갛게 닦아 놓은 유리창 너머로 포근한 햇살이 어깨 위에 날아와 앉는다. 물빛 사각유리벽 안에서 고운 지느러미를 너울거리며 금붕어들의 상큼한 하루가 열리고 있는 아침. 말끔해진 어항을 가로 지르며 굴절하는 빛살이 곱기만 하다.

새벽밥 짓느라고 잔뜩 졸였던 긴장감이 이완되면서 밀려오는 졸음을 이기고 대청소를 하던 참이다. 겨우내 뽀얗게 먼지 낀 유리창과 창틀을 닦아 내면서 거기 서성이는 훈풍을 가슴으로 맞아들인다.

투박한 겨울 식기들을 치우고 산뜻한 유리그릇으로 식탁을 꾸며야 할까 보다. 새 학년 낯선 분위기에 적응하려는 부담감으로 피로에 지친 가족들이 식욕을 잃을까 염려스럽다.

그릇들을 이리저리 뒤바꾸느라고 부산을 떨다가 무심코 시선이 간 자리. 찬장 한 옆에 다소곳이 앉아 있는 목기(木器) 하나를 본다. 그것은 바리때이다.

잿빛 승복차림에 정갈한 매무새로 단아하게 정좌하여 한 알의 밥알조차 소홀함이 없이 조석공양에 임하는 어느 산사(山寺)의 정경이 떠오르는 나무 식기. 바리때가 정녕 스님들의 공양그릇이매 절간 시렁 위에 얌전히 얹혀 있어야 제격이련만 내가 지닌 바리때에는 절과 전혀 상관없이 어머니의 애잔한 숨결이 절절하게 스며있다.

본살이 드러날 듯 말 듯 곱게 닳은 언저리와 시나브로 씻겨 내려 윤기마저 더부룩해진 바리때에서는 어머니의 애틋한 마음이 결마다 묻어난다. 희미한 호롱불 밑에서 시험공부에 열중하는 깊은 밤이면 그릇 가장 자리에 가랑가랑 넘치도록 구수한 쌀 튀밥을 담아내주시던 어머니. 어느 때는 달착지근한 십 리 사탕 몇 알 넣어 두었다가 넌지시 책상머리에 올려놓던 따스한 모정이 바리때를 대할 때마다 솔솔 피어오른다.

한 뼘 나비의 동글납작한 바리뚜껑을 이고 차곡차곡 들어앉은 오합(五合) 바리때의 외양처럼, 가이없는 모성의 부드러움과 함께 찡한 연민의 동통 같은 것이 가슴을 저미는 듯하다.

늘 다니던 절에서 옻칠이 고운 바리때 한 벌을 구해올 무렵쯤, 어쩌면 어머니는 전쟁의 깊은 후유증을 앓고 계셨던 건 아닌지. 하다못해 알루미늄 양재기나 냄비 따위를 사면서도 한 묶음에 포갤 수 있도록 크고 작은 것을 맞추어 사오곤 하던 어머니였다. 가볍고 간수하기 편해 보여서 샀노라 하지만 혹시나 바리때에 주먹밥을 담을 예산으로 사온 건 아닐까.

수도권 사수의 언약을 철석같이 믿은 아버지 때문에 한국전쟁 1·4후퇴 말미에야 피난을 떠나야 했다. 다급한 피난행렬에서 다리 부상까지 입은 아버지에 어린 철부지들. 연약한 여인으로서는 감당해내기 어려운 고초였으리니 상흔인들 쉽사리 지워지겠는가. 엄동설한의 눈보라 빙판길에서 길고 긴 대열의 후미로만 밀려 났다. 결국 중공군부대를 만나고는 가슴이 철렁 내려앉더라고 되뇌던 어머니였다.

더구나 낮에는 아군이, 밤에는 인민군공비가 출몰하는 상황을 두고 당시 군수이던 외할아버지 댁으로도 선뜻 향할 수 없어 길 잃은 미아처럼 우왕좌왕, 진퇴유곡의 이중고를 치러야만 했다.

짐은커녕 당신 몸마저 가누기 어렵던 아버지께 민간약이라도 구해 드리랴 삼시세끼 연명하랴 철부지 열 살배기 소견에도 어머니의 어깨는 너무나 힘겨워 보였다. 아버지 고집만 아니었어도 필요한 가재도구 챙겨 싣고, 출장오신 외할아버지와 동행할 수 있었을 텐데. 원망인들 끝이 없으련만 묵묵하게 인고로 견디어 낸 피난길의 어머니 모습을 기억할 때마다 가슴이 짠하다.

결국 외가에 머물게 되면서 우리의 생일상은 첫돌잔칫상 만큼 푸짐했다. 난리 중의 배고픔을 보상이라도 하듯 마음 써서 풍성하게 차려 주곤 했다. 추석빔, 설빔 짓느라 밤 이슥하도록 바느질하는 날은 '돌돌돌 잘도 돌아가던 내 싱가미싱은 지금쯤 누가 쓰고 있는지' 넋두리 삼던 어머니. 길 잘난 인두며, 다듬이 방망이며, 공들여 수놓은 수예품들과 손때 묻은 세간에 연연하다가도 '이젠 살림살이 장만은 말아야지' 다짐하는 것으로 끈끈한 미련을 추스르곤 했다.

그러던 어머니가 바리때를 사온 이후로 소소한 부엌집기에서부터 큼직큼직한 살림까지 슬그머니 들여놓기 시작했다. 집안 꾸리는 아낙으로 더 이상 자제가 힘겨웠을까. 아니면 신기하게도 바리때에 스민 부처님의 자비가 전쟁의 아픔을 치유시킨 걸까.

선반 위에 올라앉아있던 붉은 자색 바리때는 언제나 품위가 돋보였다. 마른행주로 정하게 닦고 닦아 연륜이 흐를수록 반지르르 윤이 흘렀다. 귀한 손 올 적이면 어머니 손수오린 곶감이나 마른오징어, 달콤한 율란과 조란, 약과들이 귀태를 내며 담겨지곤 했다. 칠 고운 찻상에 차려지면 음식과 바리때의 품격이 더욱 돋보였다.

  언젠가 다니러 오신 어머니의 보따리 속에 잊고 지냈던 바리때가 들어 있었다. 오랜 지기(知己)와의 해후처럼 반가운 마음에 정겹게 두 팔로 싸안았다. 당신의 정이 어린 물건이나 빛바랜 사진들을 맏딸인 내게 전하곤 하였기에 짐짓 어머니의 속내를 헤아리면서.

  요조숙녀라 칭송받던 어머니의 솜씨를 흉내라도 내어서 종종 맛깔스러운 음식 담아주며 외할머니 이야기를 들려주리라.

  다시금 바리때를 정하게 닦아 거실 찬장에 간직해 둔다.

다듬이 소리

　시원한 매실즙을 유리컵에 담아 들고 거실 마루에 앉았다.

　초록 잎줄기 사이로 만발한 능소화가 담장 위에서 환하게 웃고 있다. 유난스런 올 여름 무더위에도 주황빛 꽃송이를 한껏 피우고 있음이 대견하다.

　차를 마시며 한낮의 여유를 즐길 무렵, 문득 어디선가 들려오는 낯익은 소리. 뜻밖의 다듬이 소리에 귀가 번쩍 뜨인다. 어디서 들려오는 걸까 참으로 얼마 만에 들어보는 소리인지. 소리의 향방을 알아내려고 재빠르게 주방의 작은 창을 통하여 귀를 쫑긋 세운다. '아마도 골목 길 건너 한옥으로부터 들리는 것 같은데' 라고 어림짐작 하고선 일삼아 다듬이 소리에 귀를 기울여 본다.

비워 둔 고가처럼 인기척이 드물던 낡은 기와집에서 여느 때 들어보기 어려운 다듬이 소리가 흘러나오다니 신기하다. 엊그제가 처서이고 보면 필시 고전적 분위기일 것 같은 그 집 안주인이 어느 새 여름철 이부자리를 빨아서 간수할 참인가.

올해처럼 모시나 삼베의 수요가 급증하기도 드문 일이라고 한다. 예년보다 너무 무더운 날씨 탓에 저렴하던 중국산 삼베 값마저 몇 배로 올랐어도 불티나게 팔렸다는 입소문이다. 그럼에도 아직껏 이웃에서 다듬이 소리 한 번 들어볼 수 없었음은 아마도 스프레이 풀물 뿌려서 대충 다림질하여 쓰기 때문일 것이다.

타악기의 세련된 두드림 같은 다듬이질의 음률이 청아하기 그지없다. 한여름 내내 울어대는 매미소리에 지친 귀를 상쾌하게 씻어주는 느낌이다.

'토, 닥, 토, 닥.'

'토닥토닥, 토닥토닥.'

'토닥토닥토닥토닥, 토닥토닥토닥토닥….'

처음에는 여리면서 느리다가 나음에는 점점 세게 조금 빠르게 그러고선 아주 세게 아주 빠르게 다시 또 느리게 여리게. 마치 악보 위의 연주 기호를 지켜가듯이 빠르기와 세기가 조화롭게 변화를 거듭하고 있다. 안면이 익은 처지라면 슬며시 찾아 들어가서 신나게 합주하며 끼어들어 보고 싶은 충동마저 인다.

한복 발표회 구경을 간 적이 있다. 장막이 열리면서 어디선가 아련하게 다듬이 소리가 들려 왔다. 조금씩 가까이 다가오듯 소리는 점점 커지고 있으나 무대 위에는 아직 아무도 없다. 이윽고 지하 이동 무대로부터 하얀 무명 한복에 흰 수건을 머리에 두른 두 여인이 마주 앉아 다듬이질하면서 두둥실 떠오르는 장면이 나타났다. 관중들은 숨을 삼키듯 시선을 모으다가 그제야 탄성을 토했다.

모시고 간 시어머님도 감격하였는지 한동안 그 이야기를 되풀이하며 즐거워하였다. 하기야 다듬이질로 보냈을 젊은 세월이니 지난 삶을 반추하기에 좋은 실마리가 되고도 남을 일이다. 어머니 세대를 끝으로 다듬이 소리는 사라진 옛 소리로 남게 되고 말 터이다.

친정어머니가 쓰던 다듬이 방망이 한 벌을 간직해왔다. 별로 쓰임새가 없으니 다락에 넣어 두었는데 올 봄에 이사한 집에서 주인이 버리고 간 다듬잇돌을 발견하곤 꺼내다가 짝을 맞추었다. 그들은 아파트로 갔기에 다듬잇돌이 거추장스러운 물건일 수밖에 없었으리라. 정하게 닦아 거실로 끌어 들이고

선 어머니의 손때 묻은 방망이를 올려놓았다. 용도를 생각하기에 앞서 고전미 나는 공간을 꾸며 보고픈 속셈에서였다. 시어머니도 당신이 쓰던 낡은 인두를 넌지시 얹어 놓으신다. 마루 걸레질을 하다가 눈길이 가면 친정어머니와 마주 앉아 다듬이질하던 그림이 빛바랜 삽화로 그려진다. 서툰 엇박자로 어머니의 숙달된 방망이 소리를 흠집 내긴 했어도 맞추려고 무진 애쓰던 기억이 방망이에 새겨져 있다. 어머니는 세상이 이리도 빠르게 변화할 줄 모르고 딸에게 다듬이질을 가르칠 속내가 아니었을까. 사실 모시 제품이나 삼베 홑청은 올이 짱짱하게 된풀 먹여서 다듬이질로 손질해야 풀기도 서고 가슬가슬하여 그 촉감이 다리미로 매끈하게 다린 것과는 비할 바가 아니다. 옛 것은 옛 공정으로 공들인 만큼 제 맛이 난다는 생각이다.

올해는 삼베 홑이불이랑 베갯잇이랑 손빨래로 빨아서 오랜만에 다듬이질 한 번 해볼까나. '자근자근' '토닥토닥' 다듬이 방망이로 두드리면서 옛 정취에 한 번 젖어봄은 어떠리.

길 건너 기와집 다듬이 소리도 마무리하려는지 느린 박자를 내고 있다.

명태

긴긴 겨울 밤, 무료함에 컴퓨터를 여니 친구 청강이 띄운 '명태' 이야기가 재미스럽다.

덕장에서 말리면 북어, 얼었다 녹았다 말린 것은 황태, 잡은 그대로일 때는 생태, 바로 얼리면 동태, 어린새끼 말린 것은 노가리라 한다는, 알려진 상식 외에도 재미난 이름들이 줄줄이 열거되어 있다. 동국여지승람에 무태어(無泰魚)라 하던 것이 어목지(魚目誌)에 명태(明駄)라 하였고, 그물로 잡으면 그물태, 낚시로 잡으면 낚시태, 섣달에 잡으면 섣달받이, 끝물에 잡으면 막물태, 도루묵을 쫓아오는 걸 잡으면 은어받이라 한다나. 알을 낳아서 뼈만 앙상한 꺽태, 작은 명태는 왜태, 색이 희게 마르면 백태, 검게 마르면 먹태 흑태라고. 덕대에서 떨어지면 낙태, 머리가 떨어져 몸통만 남으면 무두태, 말리다가 흠집이 생기면 파태라는 등.

익살맞은 별명들에 절로 웃음이 난다. 숱하게 잡히다 보니 어부들 입방아에 어지간히도 올랐나 보다. 그리도 흔하던 명태의 어획량이 줄고 있다니 아쉽다. 지구 온난화와 일본의 쓰나미가 원인이라고들 한다. 시장이나 마트에 가보면 대부분 러시아산이고 싱싱한 생태가 귀해진 걸 보면 알 만하다.

비린내가 짙은 생선을 꺼리는 식성이라 담백하면서 살집이 여물고 도톰한 명태를 자주 사다가 해먹는다. 무를 삐져 넣고 얼큰하게 생태찌개를 끓이기도 하고, 꼬들꼬들한 코다리로 매운 양념찜을 하면 칼칼한 술안주로 제격이다. 달착지근하게 간장 졸임 해두면 밑반찬으로 그럴듯하고 제사상 전유어로는 약방에 감초 격 아니던가. 작년 김장에는 저민 동태에 김치 속 버무려서 배추 포기 켜켜이 넣어 익혔더니 쫄깃한 식감이 입맛에 맞는다.

김장을 끝내고 나면 으레 동태 한 상자를 사들였다. 정갈하게 손질하여 처마 밑 빨랫줄에 걸쳐두고 겨우살이 찬거리로 오달지게 해먹던 기억. 냉장고 귀한 시절이라 반 저장식품 노릇을 톡톡히 한 셈이다.

줄줄이 널린 명태 꿰미가 꾸덕꾸덕 물기를 거두어 갈 무렵 겨울 방학이 시작된다. 입이 궁금해진 남편이 서너 마리 내려다가 연탄불에 슬슬 굽기 시작하면, 구수한 냄새를 맡은 아이들이 쪼르르 아빠 곁으로 모여든다. 깔아놓은 신문지 앞에 둘러 앉아 제비새끼들처럼 한 입씩 받아먹으며 입맛 다시던 모습이 선연하다.

　지난해에는 황태 다섯 쾌를 선물로 받았다. 택배로 부쳐온 커다란 박스 속에 무려 백 마리나 차곡차곡 들어 있었다. 포항에 사는 남편의 제자가 보내온 것이다. 엄청난 분량에 너무 놀라 전화해 보았더니, TV 프로그램에서 합창지도하는 노 교수 모습을 보다가 선생님 생각이 나더라는 것. 덕장에 주문해서 직송한 모양이다.

　남편이 음악교사로 재직할 적에 관현악과 합창지도에 열성을 다했는데, 테너 솔로로 발탁되었던 합창단원의 선물이었다. 직장 생활 틈틈이 성악 모임에 나가 즐거이 활동하는 계기가 되었다며 감사하고 싶다고. 푸짐하게 받은 황태를 친지들에게 나누고 나서 다양하게 조리하여 먹고 있다. 방망이로 자근자근 두드려 잘게 찢은 것을 밀폐 용기에 담아두고 약주 한잔 기울이는 남편의 얼굴에는 행복감이 어려 있다. 정열을 불태우던 한창 나이 속으로 되돌아 간 모습이다.

　명태는 어느 부위라도 버릴 것이 없다. 곤이와 알은 알탕의 주재료이며 아가미, 창자, 명란을 염장으로 삭히면 입맛 당기는 젓갈이 된다. '북어보풀음'은 예로부터 임금님 수랏상이나 대갓집 잔칫상에 올리던 귀한 찬이었다. 요즘 소위 '맛집'이라고 소문난 식당에서는 자기네만의 독특한 국물 맛을 낼 때, 북어대가리와 껍질에 각종 채소나 과일을 배합하여 푹 고은다고 한다. 제 몸이 본래 담백하니 다른 부재료랑 섞였을 때 잘 어우러져서 진국으로 거듭날 수 있기 때문일 것이다.

사람에 비유한다면 순하고 어질며 친화력을 겸비한 품성의 소유자가 아닐까. 살만큼 살아왔다 싶지만 아직도 다스리지 못한 마음자리. 너그럽게 품으면서 살리라 다짐하다가도 속내를 다치는 일 생기면 서글퍼지고 만다. 인심의 괴리감에 빠지기라도 하면 잘못 살아왔음을 자책하며 쓴웃음을 지을 적도 더러 있으니 말이다. 이제라도 하찮은 생선 명태에게서 넉넉하게 수용할 줄 아는 성향을 배워 익혀둠도 좋을 성싶다.

문득, 바리톤 오현명 씨가 부른 가곡 〈명태〉가 생각난다.

… 외롭고 가난한 시인이 밤늦게 시를 쓰다가/ 소주를 마실 때 그의 안주가 되어도 좋다/ 그의 시가 되어도 좋다/ 짝짝 찢어져서 내 몸은 없어질지라도/ 내 이름은 남아 있으리라 헛허허/ 명태 명태라고 헛허허.

길 위의 부부

　　다큐멘터리 〈인간극장〉을 방영중이다. 이번 주일은 벌통을 트럭에 싣고 이 산 저 산 옮겨 다니며 뜨내기살림을 하는 부부의 삶을 그리고 있다.

　　주인공의 모습이 눈에 익다 했더니 '꿀포츠'가 분명하다. 텁수룩한 수염에 검은 안경과 체크무늬 셔츠, 지난 해 방송국 청춘합창단원 모집 오디션 때 나오던 차림새 그대로다. 젊은 날에 잘나가는 합창단의 일원이었다가 홀연 떠나야 했고 각막에 이상이 생겨 색안경을 쓰게 되었다는 벌치기가 직업인 남자. 텁수룩한 수염에 거친 인상과는 완연 다르게 달콤하고 시원스럽게 노래를 불러 심금을 울려주던 사람이었다.

　　테너파트 독창자로서 빛을 발하여 마침 내한했던 세계 최고의 성악가 '폴포츠'와 듀엣으로 노래 부르는 행운도 맞았다. 그래서 얻은 별명이 '꿀포츠' 아니던가. 그에게 뭔지 서광의 조짐까지 비치는 듯싶어 열심히 응원의 박수도 보냈던 바로 그 사나이다.

그랬던 그가 오늘 다시 벌통을 메고 산을 향해 가고 있다. 혼자가 아니고 가녀린 모습의 아내와 동행이다. 합창단원으로 원래 자리를 찾고 각광을 받아 '꿀포츠'가 이제 양봉을 그만 둘 줄만 알았다. 재능을 살리고 새 삶을 얻기 바랐다. 기대했던 마음이 빗나간 탓일까 괜스레 짠한 마음이 든다.

설상가상 산에서 벌통을 몽땅 잃어버리는 황당한 일을 겪고 난 뒤에 부부는 보금자리로 돌아간다. 어느 산골 조그만 외딴 집이다. 저녁을 지으며 아내는 착하고 살갑게 남편을 대한다. 남편 또한 아내에게 지극하고 다정하다. 서로 존중하고 아끼는 사랑의 스킨십이 자연스럽기만 하다. 유일한 이웃은 근처 할머니 뿐, 외롭고 고달플 터인데 조금도 그리 보이지가 않는다.

일주일분의 〈인간극장〉을 다 보고나서야 안쓰럽게만 보았던 처음 고정관념을 수정해야겠다는 생각이 든다. 그 부부에 겐 고달픔을 이겨내는 벌꿀 같은 달콤한 사랑의 진액이 있음을 알게 되었으므로. 떠도는 삶이지만 꽃처럼 향기롭게 노래처럼 달콤하게 살아가리라는 믿음마저 든다.

오늘 '꿀포츠' 부부는 단정하게 정장 차려 입고 길 위에 나섰다. 매스컴 덕분에 섭외된 무대에서 노래의 메신저가 되기 위해 달려가고 있는 것이다.

진정한 행복의 조건이 무엇인지에 대한 생각 하나를 줍는다.

유등 축제

흔들리는 부교(浮橋) 아래 오색 물결의 강물이 출렁인다. 논개의 쌍가락지가 아로새겨진 진주교 교각 언저리까지, 유등들이 두둥실 떠다니며 환상의 등불을 켜고 있는 까닭이다. 남강의 밤은 대낮처럼 환하게 활기에 젖고 있다. 때마침 진주성에서 쏘아올린 축포가 밤하늘을 찬란하게 수놓고는 유성처럼 흘러내린다. 유등 축제 개막의 신호탄이다. 올해는 유난히 화려하고 다채로운 등불을 밝히고서 뭇 사람을 감동의 도가니에 이끌 채비로 부산하다.

축제는 잔잔하고 엄숙하게 흐르던 강물을 일깨우고, 부교는 벌써부터 인파로 몸살을 앓기 시작한다.

의로운 죽음의 넋을 기리고 얼을 본받고자 치러온 유등 행사가, 이제는 화려한 예술성이 돋보이는 축제로서 거듭나고 있다. 나라의 운명이 풍전등화에 처했을 때, 온 백성이 한마음 한뜻으로 지키려 했던 민족혼이 서린 남강에, 축복의 불꽃이 피고 환희의 등촉이 밝혀졌다.

임진왜란의 진주 대첩은 남강이 있었기에 가능한 전투였다. 김시민 장군과 소수의 병사, 의병과 민초들이, 밀려오는 수만 왜군의 도강을 막아내는 데에 등은 큰 몫을 해냈다. 김시민 장군은 풍등을 바람에 실어 군사 신호를 보냈고, 등을 횃불과 함께 강물에 던져 적을 밀어내는 전술용으로 쓰기도 했다. 뿐만 아니라 소식을 전하는 통신사의 구실도 하였다. 성 안의 병사들이 성 밖의 가족에게 안부를 전하기 위해 사연 적은 등을 강물에 띄우기도 했기 때문이다. 도도하게 흐르는 강물을 타고 떠내려 올 등을 고대하며 강가에서 서성였을 아낙네의 모습이 떠오른다. 무명 치마저고리에 흰 수건을 머리에 쓴 아녀자의 애타는 얼굴이 그려진다.

결국 진주성이 함락 당하고만 '계사순의' 이후에는, 목숨 바쳐 의롭게 순절한 군과 민의 넋을 기리기 위하여 남강에 등을 띄우는 행사가 비롯되었다. 그로부터 오백여 년 뜻 깊은 유래로 전해오다가 오늘의 세계 유등축제로 이어지고 있는 것이다.

사람들에 떠밀리듯 부교를 벗어나서 나는 배 건너 둔치 선착장으로 발길을 옮긴다. 유람선을 타고 유등 사이를 선유하면서 더 가까이 바라보고 싶은 마음에서다. 천수교 부근의 음악 분수가 연주되는 음률에 맞춰서 율동을 하고, 제 나름의 개성을 갖춘 유등들은 수면에 서서 박자라도 저을 듯 유연한 몸짓을 해 보인다.

옛 추억에 잠기게 하는 널뛰기와 방아찧기, 맷돌 돌리는 여인의 자태와 전통공예 등들이 눈을 즐겁게 한다. 십이지 신상 동물들의 여러 형상이 시선을 멈추게 하고 전래 설화의 주인공인 우렁이각시나 콩쥐팥쥐전, 견우직녀를 그려낸 유등이 강물 위에서 구수한 옛이야기를 피워내고 있다.

논개가 왜장을 껴안고 뛰어내렸다는 의암 앞에는 의기 논개 등이, 장렬하게 전사한 김시민장군등과 나란히 떠올라 있다. 종교적 상징물인 석등과 연꽃등이 그들의 넋을 기리듯 고즈넉하게 등불을 켰다.

고유의 미가 돋보이는 한국의 등 사이로 타국에서 온 세계의 등 모습도 신기하고 경이롭다. 미국의 자유 여신상과 네덜란드의 풍차가 익숙한 얼굴로 다가서고, 중국에서 온 판다곰은 다음 올림픽 캐릭터답게 시선을 모은다. 달마상을 숭배하는 일본은 다루마상을 만들어 띄웠고, 그리스의 제우스신상은 만인을 굽어보듯 신비로운 표정이 그윽하다. 트로이 목마와 린텔 여인상과 파로스 등대는 터키에서, 캄보디아에서, 이집트에서 왔노라고 눈인사를 건넨다. 세계 유등 축제의 위상답게 참여도가 높아가고 있음을 확인해보는 순간이다.

풍광이 아름다운 남강에서, 고색창연한 진주성을 배경으로 한 유등 행렬의 세계화가 신비롭고 자랑스럽다.

부교 사이를 요리조리 누비며 한 바퀴 돌다보니 어느 새 유람선은 제 자리로 돌아와 닻줄을 매고 있다. 선착장에는 차례를 기다리는 사람들이 기다랗게 줄을 지었다.

강둑 언덕바지 아래쪽에는 소망 등의 대열이 성벽인 양 즐비하게 나열 되어 있다. 태평성대를 기원하고 가족의 안위를 빌며 자녀의 입시 합격을 소원하는 순박한 시민의 소망이 담겨있는 등들이다.

여느 해에도 그랬듯이 나 또한 무병 무사를 비는 간절한 소원을 담고자 등 하나 구입해서 소망의 불을 댕긴다. 형형색색의 유등들이 어두웠던 강물을 밝히듯이 가족과 이웃의 평안을 지켜 주십사 기도하는 마음으로 등을 걸었다.

창작등 전시관에는 어린이들의 고사리 손이 빚어낸 한지 등들이 앙증맞게 매달려 있다. 구경하노라니 절로 미소를 자아내게 한다.

아직 남강의 밤은 축제의 열기로 들떠있다.

아드님 존경합니다

뇌경색으로 투병하고 있는 87세 할머니와 같은 병실에 입원했다. 12년째 어머니를 돌보다가 전문 간병사가 된 아들이 늘 곁을 지킨다.

이른 아침 세면실에 들러 물이 담긴 대야를 들고 오면서 그의 일과는 시작된다. 침상을 비스듬히 일으킨 뒤 따뜻한 물수건으로 어머니의 얼굴과 몸을 닦아 내고 다독이듯 화장수를 바른다. 가리개를 돌려 친 후에 기저귀와 환자복을 갈아입히고 나서 사뿐히 들어 올려 휠체어에 앉힌다. 머리카락을 곱게 빗질하고 신발을 신긴 후에 TV 앞에 앉힌다. 손놀림이 날래면서도 다소곳하다. 육신의 반쪽이 모두 마비되어 눈에서 입, 귀, 수족까지 굳어버렸으나 드라마나 운동경기를 즐겨 시청

하는 게 낙이다. 어둔한 말투로나마 아들과 대화하는 걸로 보아 내용파악은 가능한 듯하다.

어머니가 휠체어에 머무는 동안 아들은 병실 청소를 도맡아 하고 창가에 즐비한 화초를 돌본다. 오랫동안 병원 생활하면서 손수 가꾼 화분들이다. 딴 병실에 비하여 삭막하지 않은 분위기가 바로 그 덕분이다.

어머니와 자신의 끼니 장만하는 것도 하루 일거리, 입에 죽을 떠 넣어 드리는데 한쪽 입술이 벌어진 상태이니 식사수발도 만만치 않다. 세끼 치다꺼리에다가 새새로 화장실과 재활치료실 들르는 일로 늘 어머니 옆을 맴돌아야만 하는 아들. 다람쥐 쳇바퀴 돌기 식의 단조롭고도 고달픈 일과를 반복하면서 그 남자는 십년 넘게 어머니 병수발을 들고 있다.

어느 날 갑자기 쓰러져서 수술 끝에 위기는 넘겼지만, 후유증으로 입원생활은 길어지고 설마설마 했던 세월이 모자간의 운명을 하나로 묶어버렸다. 혼기도 놓치고 사업도 접은 형편이다. 이따금 어머니 잠드신 밤 나절에 지인들이 불러내면 술 한 잔 나누는 걸로 고된 심신을 풀곤 한다는 그의 말이 왠지 짠하고 안타깝다.

아들의 맘속에 정녕 후회는 없는 걸까. 외출한 아들이 돌아올 때까지 깊은 잠도 못 이루며 기다리는 심약한 어머니를 나

몰라 할 수 없어 이리도 저리도 못하고 이끌려 살아 온 삶은 아닐까. 내가 처음 그랬던 것처럼 병실에 새로 들어오는 환자나 보호자들도 하나 같이 그들 모자를 주시한다. 그러고 나면 감동어린 치하를 잊지 않는다.

스무날 가까이 모자의 삶을 곁눈질하면서 인생의 뒤안길을 가슴으로 느껴 본 기회였다. 아무나 해내기 어려운 일을 꿋꿋이 실천하고 있는 그 아들은 이즘 시대에 보기 드문 효자임이 분명하다. 퇴원하던 날 그의 손을 잡았다.

"아드님! 존경합니다."

허브농원에서

　정원을 거닐고 있다. 향기 가득한 허브농원이다. 오월 햇살과 바람에 꽃물결이 일렁인다. 흥정계곡 물 소리는 청아하게 배경 음악을 연주한다. 이름도 아리송한 온갖 풀꽃들의 향연에 시각, 후각, 촉각에, 청각까지 활짝 열고서 꽃구경에 한창이다. 보랏빛 라벤더와 흰색의 카모마일, 노을빛 한련화 앞에서 발길을 멈추기도 하며, 사람들은 원색의 행렬이 되어 꽃길 따라 흘러간다. 페퍼민트의 박하향을 시음하면서 미각까지 보태는 오감의 흡족함에 여행의 피로를 헹구어낸다.

　친구네가 경영하는 강원도 평창의 허브나라농원에서 모임을 갖는다는 소식을 초봄에 접했다. 달력에 꼭 찍어둔 예정표대로 오월의 마지막 주일에 동서울에서 친구들을 만나 이곳에

왔다. 남녘에 사는 나로서는 여정이 멀어 쉽사리 닿지 않는 거리여서, 꽃도 보고 우정도 다질 절호의 기회를 놓치기 싫었다.

서구풍의 자작나무집 펜션에 여장을 풀자마자 모두들 꽃을 보러 나섰다. 20년 전부터 일구기 시작했다는 농원에 지금은 백이십여 종의 허브가 테마별로 구성되어 있다고 한다. 향기정원, 어린이정원, 요리정원, 다양한 주제별로 아기자기하게 꾸며져 있다. 아이들은 마치 동화 속 주인공인 양 귀여운 모습으로 포즈를 취하며 신바람이 났다. 나이 든 우리 역시 꽃과 향기에 어우러져 정원을 거닐거나 군데군데 의자에 앉아 쉬거나 정담을 나눈다. 꽃과 함께하는 만남이어선지 여유롭고 편안하다.

오월의 꽃은 유별한 향내를 지닌 듯하다. 산 속의 아카시아가 그렇고 허브향도 오월이 절정이란다. 종자번식을 위하여 벌 나비를 부르는 몸짓인가.

허브를 곁들여서 조리한 요리로 저녁 만찬을 마치고 숙소로 향한다. 두 채의 펜션에 잠자리를 나누었지만 굳이 한방에 모여서 희희낙락 온밤을 지새우다시피 하는 친구들. 걸핏하면 까르르 웃어대던 시간의 반추이리라.

대부분 교직에 봉직하여 최선을 다한 삶이어선지 인생의 황혼 앞에서도 구김살 없는 모습들이다. 화제를 공유하며 스스럼없이 어울리며 밤을 잊는다. 해마다 아프리카의 기아들을 도우러가는 친구 얼굴에서는 도저히 고희를 넘긴 연륜을 읽을 수 없다. 불치병을 안고서도 모임을 거르지 않는 친구도 이 순간엔 해맑은 얼굴이다. 구심점이 되어 오래도록 모임을 이끌어가는 품너른 친구가 있는가 하면, 재담꾼 친구도 있어 만남이 이어지는가 보다.

아침 산책길이 싱그럽다. 숲속의 피톤치드와 풋풋한 향내를 한껏 마시며 간밤에 놓친 잠을 맑은 공기로 채운다.

"숲길 짙어 잎이 푸르고, 나무 사이사이 강물이 희여… (중략) 굽어든 숲길을 돌아서, 시냇물 여울이 옥인듯 맑아라…."

목가적 시인 신석정님의 며느리인 허브농원 친구가 준 책 속에서 〈산수도〉 한 수를 읊어 본다. 그분의 문학 강좌를 들으러갔던 기억이 새롭다. 책갈피에 꽃잎 몇 장 주워서 끼워 둔다.

한 이틀쯤 느긋하게 묵어가고픈 미련을 접고 짐을 꾸린다. 고운 허브향기로 스민 우정을 간직한 채 차창 밖으로 아쉬운 작별의 손을 흔든다.

정(情)

　개의 주검을 들여다보며 아이는 슬피 울고 있다. 그 바람에 시어머니도 나도 절제하던 감정이 유발되어 눈물을 글썽인다. 가뜩이나 건들장마로 심난한 날씨에 아침부터 간헐적으로 들려오던 신음소리마저 끊긴 지 오래다. 그 울음소리로 인해 하루 온종일 좌불안석 서성거렸나 보다. 곡기를 끊고 물로만 연명한 지 사흘 째, 간신히 움직이는 모습을 보고는 드디어 올 것이 오는구나 예감이 들었다.

　그리도 조신하던 놈이 지난 초겨울부터 아무 데나 방뇨를 해버리는가 하면 웅크린 자세에서 일어서려면 한참씩 버둥거리며 앓는 시늉을 하였다. 체형마저 기우뚱해져 부수수한 털 속에 앙상한 뼈마디가 드러났다. 그의 노쇠를 여실히 보여 주는 행동거지다.

'저놈이 이 겨울을 잘 날 수 있을까?' 속으로는 시름을 하면서도 끼니 챙기는 일에나 좀 더 신경을 써줄 따름이다. 그런대로 먹성은 거르지 않고 잘 먹는다. 식성 맞춰 조리해서 따뜻할 때 가져다 주면 그릇을 비운다. 그러고는 양지쪽을 찾아다니며 제 몸 건사를 하는 성싶다. 안타깝고 애처로워 다가가서 쓰다듬어 주면 힘없이 마주보던 눈동자가 슬퍼 보인다. 우렁차게 짖어대던 기백은 어디로 가고 쉬어빠진 목소리로 '골골골, 웅얼웅얼' 이젠 그것마저도 힘에 부친 듯 멀거니 바라만본다. 안쓰럽기도 하고 몰골이 볼썽 궂기도 하여 공연히 오래 키웠나 후회스럽기도 하다.

막내아이 세 살 적에 앙증맞은 강아지로 작은 바구니에 담겨온 지 15년째. 아이가 숙성하게 성장할 동안 그놈은 개로서의 한생을 살았다. 큰아이가 지은 '용'이라는 이름으로 가족이 된 날로부터, 본디 짐승을 가까이하지 않는 성미였으나 데려다 준 지인에 대한 체면치레로 기른 셈이다.

다행히 워낙 작은 종자여서 거두기에 버겁지 않았고 영리하고 민첩하여 잘 길들여졌다. 밤손님 퇴치에는 비호같아서 방범대원 노릇을 톡톡히 해냈다. 헌데 식성 하나만은 못 말릴 노릇이다. 애초부터 길 잘못들인 내 탓인가 싶긴 하지만 매운 것도 찬 것도 간이 안 맞는 음식도 입을 대지 않는다. 후각이 예민한 짐승이라 멀리서 냄새 맡고는 내키지 않으면 거들떠보지도 않는다. 제 주제에 무슨 미식가연 한다고 짐짓 모르쇠하면 한사코 굶으면서 단식으로 버틴다. 얄미우면서도 애가 타서 다시 해주다보니 '개밥요리사' 별명까지 붙었다.

살던 집에서 이사를 할 때 키우던 개를 데려 가는 게 아니라는 어른들 말씀 좇아 떼어 놓을 생각을 해본 적이 있다. 허나 임자도 나서지 않았고 사고 파는 시장에는 더욱이 데려갈 수 없었다. 어수선한 이삿짐들 사이를 우왕좌왕하며 뭔가 불안해하는 양을 보며 끝까지 거두리라 맘먹었다.

막상 생을 마감할 상황을 맞게 되니 어쩔 줄 모를 만큼 당혹스럽다. 인연이라는 끄나풀로 맺어진 진한 정이 사람에 못지 않음을 절절하게 느낀다. 길코 짧다하기 어려운 세월을 함께 하며 성숙은 몰라도 쇠락까지 지켜보아야 한다는 걸 미처 예상치 못했다. 허무와 서글픔에 다만 가슴이 떨릴 뿐.

고통을 견디다 못해 위아래로 혈변까지 토하는 걸 곁눈질해 보면서도 다가가지 못한다. 가여운 모습이 오래 뇌리에 남을까봐 지레 겁을 먹고 외면하다시피 하고 있다. 들며날며 동정을 살피던 시어머니가 용의 운명을 알린다. 별안간 잠잠해지던 시각부터 뭔가 직감하던 사태다. 오로지 남편의 귀가만을 고대하면서 아무 생각도 나지 않는다.

그런데 바퀴벌레만 봐도 의자위로 튀어 오르던 막내가 하교 하자마자 득달같이 달려가 울어대던 것이다. 그제야 제 정신이 든다. 따뜻한 설탕물 한 모금 먹여주지 못하고 두렵다는 핑계로 혼자 버려둔 부끄러움이 인다. 야속한 주인의 마지막 푸대접에 눈도 못 감았는지 막내가 감겨준 모양이다.

저물게 퇴근한 남편과 함께 용의 주검을 묻어주러 집을 나선다. 가마니에 싸고 괭이와 삽을 챙겨 자전거에 싣고서. 시어머니는 키우던 개의 자연사를 길조로 받아들이는 눈치였으나 되도록 조용조용 서두른다.

아직도 추적추적 내리는 초가을 밤비를 맞으며 보건대학 뒷산에 오른다. 촉촉이 젖은 땅을 깊이 파고 고이 묻어 주고는 '잘 자거라, 용아!' 가라앉은 남편의 목소리가 밤비처럼 젖어 있다. '개는 오래 기르지 않느니라.' 구전되어 오던 옛말의 뜻을 헤아리며, "다시는 개 키우지 맙시다." 중얼대며 비탈길을 내려온다.

노(NO) 숙녀의 외출

아침 6시 알람을 끄고 자리에서 일어난다.

오늘은 ㄱ문학회 모임이 있는 날. 창원 '하늘눈'에 10시 30분까지 도착하려면 서둘러야 한다. 치마꼬리에 휘파람 소리를 내며 사뭇 바쁘게 움직인다.

공들여서 얼굴을 가꾸고 외출복을 차려입는다. 옷을 구입할 때 비슷한 색깔의 옷들을 사서 두는 편이므로 코디하기에 번거롭지 않으나 요즘은 잊음이 흔해서 미리 골라 걸어둔다. 겨울인데다가 이른 시각에 집을 나서는지라 두툼한 기모바지에 코트, 베레모와 목도리를 걸치고 가방까지 챙겨 들고서 거울 앞에 선다. 밋밋한 외투 깃에 자개 브로치로 포인트를 준다. 오늘 아이템은 와인색 계열. 유명 브랜드의 고가품보다는 전체 분위기에 어울리면서 흔하지 않은 옷차림을 추구한다. 허수해진 머리카락을 숨기려고 착용해본 베레모가 편리하고 멋스러워 모자를 즐겨 쓰게 되고, 그리하다 보니 모자에서 신발까지 디자인이나 색상의 어울림을 궁리하게 된다.

퍽 오래 전, 문단의 대선배 ㅎ선생님께서 '서 선생은 세상에서 하나뿐인 패션을 하는 것 같다'고 뜻밖의 말씀을 한 적이 있다. 그날은 검은 색 바지에 같은 색 민소매와 하얀 상의를 걸친 지극히 평범한 차림새였는데, 검은 바탕에 수놓인 화려한 꽃수가 좀 특이했을까. 아니면 여느 때 내 옷차림을 눈여겨보신 모양인가. 워낙 과묵한 성품으로 농담 분위기는 아니라서 '젊은 시절에 한 벌로 된 옷을 안 사고 따로따로 사 입다 보니 그게 저만의 개성이 된 듯하다'고 웃으며 답했다. 그 말은 진실이었다. 보너스도 없던 시절 월급 받아서 저축, 교육비, 생활비에 식구들 입성까지 철철이 마련하자면 내 치장은 뒷전이었으니까. 남편의 맞춤양복 값은 계절마다 지출되고 딸애들을 예쁘게 입히고 싶은 모성 본능으로, 나보다는 가족이 늘 우선이었다.

어릴 적엔 어머니의 뜨개질과 바느질 솜씨 덕분에 무명치마 저고리 입은 친구들 가운데서 신식 옷으로 돋보이게 입고 다녔다. 여선생님과 아주머니들이 불러 세워 놓고 요모조모 살피면서 어머니 손재주에 감탄할 적마다 자랑스럽던 그 기분. 내 아이 키울 때 예쁜 옷을 입히려고 애쓰던 마음도 아마 그런 영향이었을 것이다. 화려하게 치장한 엄마와 그 손에 이끌려 가는 꾀죄죄한 아이 모습이 흉해 보여서, 자신의 옷치레보다 아이들 옷거리에 더 신경 쓰던 젊은 날이 생각난다.

교직 생활을 접고 피아노 교습을 시작하고 나서, 하루는 아침 일찍 초인종이 울렸다. 방문객은 몸단장을 미처 못한 내 몰골을 훑어보더니 실망한 얼굴로 되돌아갔다. 대개의 엄마들이 내 겉모습부터 살피듯이 낯모르는 그이도 첫인상에 낙제점수를 매겼나 보다. 신언서판(身言書判) 중 첫 자리의 의미가 떠올라 씁쓸했던 날이다.

'여든 둥둥이'라는 옛말이 있다. 여든이면 진취성 없고 별 볼일 없는 나이라는 뜻이란다. 지금이 백세시대라고 하지만 혹여 흉잡힐까 저어하면서도 희수가 코앞인 내가 요즘 부쩍 멋을 부린다. 아무튼 옷매무시 가다듬고 집을 나서면 우선 발걸음부터 가벼워지는 걸 어쩌랴. 기분이 상쾌하니 얼굴 표정도 밝아진다. 흐트러진 모습으로 젊은이들 모임에 가면 활발한 분위기에 흠이 될까 조심스러워지고 움츠러든다. 정녕 패션이 비언어적 소통이라는 말은 정석인가 싶다.

어디서나 스스럼없이 어울려 지내려면 나이 들수록 자신을 가꾸어 보라. 의상이란 자신을 드러내는 내면 표출이라고 하지 않던가. 요란하게 꾸미기보다는 단아한 멋이 풍겨지면 더욱 좋으리. 나이 들어서도 우아한 맵시와 품격을 지닐 수 있다면 적절한 겉치레도 나름 노년을 누리는 행복 요소가 되지 않을까 생각해 본다.

　　모임 장소에 들어서자 문우들이 웃음으로 반겨 준다.

　　"어머나 멋지세요, 오늘의 베스트 드레서입니다."

　　후배들의 센스 있는 유머에 환해지는 내 마음. 비록 노(NO) 숙녀라 할지라도 오늘 노(老) 숙녀의 외출에 즐거움이 수놓인다.

피
아
노
소
리

신접살림 하던 갯마을 등대 앞 돌담 집에는 내 젊은 날의 초상이 그려져 있다. 막돌담은 어촌이나 산촌의 대표적 돌담으로 견고하고 자연미가 넘친다. 바닷가 집들은 바깥과의 차단보다 바람막이로서 담의 구실이 더 절실하기에 대문은 없어도 담장은 실했다. 얼핏 보아 엉성해 보이지만 돌 틈새로 바람을 통하게 하여 무너짐을 막으려는 슬기가 엿보이는 돌담이다. 잿빛 몽돌이 얼기설기 얹힌 돌담 앞을 오가면서 갓난아기 재우던 새댁 시절이 그립다.　본문 중에서

고가에 와서 옛 담을 보니

고샅길에 들어서자 이내 황토 담이 눈길을 사로잡는다. 골목을 길게 누비며 마치 이 담 안이 '박 진사 고가'라고 일러주듯 고풍스럽다. 방금 내리기 시작한 빗방울이 담장에 스며들며 흙내를 뿜어낸다. 까마득히 잊고 지냈던 아련한 흙냄새를 맡으려고 담 가까이 다가서서 걷는다. 비개인 아침에 감꽃 줍던 외갓집의 토담, 그 흙내를 닮았다.

박 진사 고가는 고고한 숨결로 객을 맞이한다. 사랑채 툇마루에 걸터앉아 초목에 내려앉는 빗소리를 들으니 옛 정취가 절로 인다. 휘어진 소나무 가지 하나가 담 위에 걸쳐져서 고즈넉하게 한 폭 수묵화를 그려내고 있다. 사랑채에 묵어간 선비들이 절로 시조 한 수 읊었을 법한 운치를 자아낸다.

토담은 예전에 시골 여염집에서 흔히 보던 담이다. 진흙 켜 켜이 지푸라기나 돌들을 얹어가며 차곡차곡 담을 쌓고, 맨 위에는 짚으로 엮은 이엉을 씌우거나 기와를 얹기도 하였다. 집집마다 널리 쓰이던 담이었고, 집 안이 들여다보일 듯 말 듯한 탱자나무 울타리나 수숫대 울은 이웃과 터놓고 지내는 서민들 집에 많았다.

예닐곱 살 어릴 적에 또래들과의 놀이터는 서울 창경원 담 밑이었다. 소꿉놀이가 시들해지면 달리기 내기하던 돌담 길. 고적 답사에 나섰다가 옛 담을 만나면 그때 일을 기억해내곤 한다. 궁궐이나 상류층 양반가의 집은 담에서부터 위상이 돋보인다. 돌담 위에 수키와 암키와 막새기와가 가지런히 얹혀 중후하게 조화를 이루면서 솟을대문으로 이어진다. '이리 오너라!' 호령하고 당당하게 들어서지 않고는 기웃거려 보아도 보이지 않을 높다란 담이었다.

신접살림 하던 갯마을 등대 앞 돌담 집에는 내 젊은 날의 초상이 그려져 있다. 막돌담은 어촌이나 산촌의 대표적 돌담으로 견고하고 자연미가 넘친다. 바닷가 집들은 바깥과의 차단보다 바람막이로서 담의 구실이 더 절실하기에 대문은 없어도 담장은 실했다. 얼핏 보아 엉성해 보이지만 돌 틈새로 바람을 통하게 하여 무너짐을 막으려는 슬기가 엿보이는 돌담이다. 잿빛 몽돌이 얼기설기 얹힌 돌담 앞을 오가면서 갓난아기 재우던 새댁 시절이 그립다. 언젠가 다시 가보았더니 주인은 바뀌었으되 담은 옛 그대로였다.

　더러 독사진이 필요해지면 진주성에 가기도 한다. 사진기 앞에서는 굳어지던 표정이 성벽에 기대어 서면 조금은 누그러지는 듯해서다. 성벽은 외적을 막아내는 한 고을의 담장이었다. 바른 층으로 차곡차곡 쌓은 진주성의 사고석 담은 전쟁 피해로 후일 다시 복원된 성벽이다. 외가 동네 고창의 모양성은 백성의 피땀이 서린 전설을 담고 커다란 자연석으로 쌓은 성이다. 진주성 돌담 너머로는 논개가 왜장을 껴안고 뛰어내린 푸른 남강이 보이고, 모양성에는 지금도 성벽 위를 밟으며 무병장수를 비는 여인들의 모습이 보인다.

　얼마 전에 인근 한옥 마을에 가 보았다. 전통 기와집과 옛 담의 그윽한 정서에 잠겨보고 싶었다. 마을 어귀의 초등학교 돌담이 사라져 버렸다. 옛 기운이 서려 있어 정다웠는데 허전한 마음이 들었다. 얼마 전부터 관민간의 간격을 좁히려는 의도에서 관청의 담을 헐더니, 그 학교의 돌담도 소통의 의미를 담아 없앴나 보다. 담의 역사도 세월 따라 큰 획을 긋고 있음을 실감하던 날이다. 기왕에 담을 허물었으면 마음의 벽도 허물어서 모두가 열린 마음으로 웃으며 사는 세상이 되길 바랄

뿐이다.

  절친한 문우가 충주 산골에 새집을 지어 놓고 놀러오라 청하였다. 동산 기슭의 그림 같은 집도 예뻤지만, 마당가의 꽃울에 더 마음이 갔다. 돌 틈 사이로 키 작은 꽃나무와 풀꽃들을 아기자기하게 피워 놓은 것이다. 앙증맞게 작은 꽃울이었다. 오가는 마을 사람들과 스스럼없이 인사말 건네는 광경을 보면서 터놓고 지내려는 그녀의 깊은 속내가 헤아려졌다. 지금쯤 더욱 멋스러운 꽃울이 되어 주인처럼 해맑게 웃고 있겠지.

  박 진사 고가를 떠날 즈음 퍼붓듯이 비가 쏟아졌다. 백여 년을 이어 왔다는 유서 깊은 옛 담이 오늘 밤도 무사하길 기원하며 흥건하게 비에 젖은 토담 모롱이를 돌아 나온다.

피아노소리

피아노 소리를 환청으로 듣는다.

학원 간판을 내린 지 한 해가 다 가고 있건만 머릿속에서는 여전히 피아노의 익숙한 음률들이 마치 음향기기 돌아가듯 들려오는 것이다. 오랜 생활 피아노와 함께 한 타성 같은 것인가, 아니면 준비 기간 없이 갑자기 접어버린 후유증 탓인가. 어쨌거나 나는 비록 환청일지언정 그 소리에 이끌려 환상 속에 드는 것을 즐기고 있다.

귀여운 아이들의 발랄한 재잘거림, 까르르 꾸밈없는 웃음소리, 개구쟁이들의 못 말리는 장난끼, 그러다가도 피아노 앞에 앉아 차분하게 연습에 몰두하는 사랑스런 모습들이 피아노 소리를 배경 음악 삼아 영상처럼 떠오르곤 한다. 처음 엄마

손에 이끌려 학원을 찾는 아이의 초롱초롱한 눈동자에는 기쁨과 호기심과 엷은 두려움이 그려져 있다. 그런 아이들을 대하면서 이 아이가 나로 인하여 피아노를 싫어하게 되거나 음악까지 기피하는 일이 없기를 마음으로 다짐한다. 그런 신념은 오래도록 교육신조로 여기며 지키려고 애써온 터다.

어설프던 고사리 손이 거듭되는 지도 효과로 유연하게 건반 위를 누비고, 권태기에 빠져 느슨해졌던 아이가 격려와 다독임 결과 다시 제 자리에 올랐을 때 맛보는 뿌듯함, 아마 그런 보람이 있었기에 오랜 세월 지루한 줄 모르고 일해 왔을 것이다.

학교에서 돌아오는 길에 앞 다투어 들어서는 모습과 함께 풋풋한 풀꽃 내음도 실려 들어 왔다. 아이들은 늘 신선한 바람을 몰고 온다. 걸어오느라고 발갛게 달아오른 얼굴로 학교에서 있었던 새 소식이나 받아 온 상장이며 시험지를 내보이면서 짐짓 칭찬을 기대하는 표정을 감추지 못하는 아이들. 순진무구하기 이를 데 없는 모습이 귀여워서 한껏 치하해 주면 신이 나서 더욱 피아노 연습에 열을 올리기도 한다. 그날 레슨에 통과하여 곡 첫머리에 예쁜 컷 하나 그려 줄 때면 함빡 웃음 짓던 티없이 맑은 얼굴이 다시 보고파진다.

봄이면 하교 길에 야산에 올라가서 산딸기나 앵두를 따먹느라 시간가는 줄 모르다가 허겁지겁 달려온 아이들 입가에는 뒤따라온 노을빛처럼 붉은 물이 들어 있다. 논둑에 내려가 개구리 알을 비닐봉지에 담아 온 남학생이 피아노 건반에 몽땅 쏟아서 소란을 피우고 꾸중하다가도 꾸밈없는 동심에 화가 풀려 슬며시 돌아서서 웃고 말았던 게 엊그제 일이었다.

오후 한 나절을 순진무구한 아이들 속에서 지내다 보면 세월 가는 줄도 몰랐다. 지난겨울 갑자기 학원 건물을 비워주게 되었을 때 그제서야 비로소 내 나이를 헤아리곤 놀라웠다. 삼십여 년 긴 시간을 되돌아보며 이젠 일을 접을 때가 되었다고 마음을 정했다.

순수하고 밝고 싱그러운 아이들 기운에 싸여 활기 있게 지냈던 시간들을 결코 잊을 수 없을 것이다. 옷매무새 단정히 하고 간식거리 챙겨 출근하면서 늘상 기분 좋았던 날들이었다. 피아노 소리에 맞춰 흥겹게 박자 맞추며 노래 불러주었던 귀여운 모습을 이젠 대할 수 없겠지.

마지막 수업을 하던 날 긴 편지를 써가지고 와서 나에게 내밀며 눈시울을 붉히던 아이. 함께 한 시간이 길었던 만큼 깊은 정이 남달랐나 보다. 서툰 솜씨로 하트 그린 쪽지에 '사랑해요'라고 전해주던 일학년 꼬마둥이들을 꼭 안아주면서 작별 인사를 했다. 저희들이 보던 동화책과 가지고 놀던 인형들을 정표

삼아 나누어 갖고 아이들은 피아노실을 떠나갔다. 나는 갑자기 텅 빈 공간에 홀로 서서 그 자리를 떠나지 못했다.

 이내 낯선 간판으로 바뀌어버린 학원 앞을 아이들은 아쉬운 듯 서성거리다가는 선생님 집으로 몰려온다. 한동안 꼬마들 초인종 소리가 이어지고 피아노실 아닌 나의 집에서 시끌벅적하게 이야기꽃을 피우다 가는 아이들. 그런 날은 유난히 피아노 소리가 환청으로 들려온다. 바로 오늘처럼.

국화 축제

향내 가득한 문으로 들어선다. 국화로 치장한 아치형의 문이다. 국화축제가 열리고 있는 광장 입구에 알록달록한 국화들이 동네별 모형도를 만들어 놓았다. 우리나라 지도 모형은 '옥국'이라 부르는 품종이다.

서서히 옮겨 놓는 발길 따라 '현애'가 눈인사를 건넨다. 잔잔한 꽃송이들이 다소곳하게 땅을 향하여 드리운 모습이 신부의 부케처럼 곱기만 하다. 봄내, 여름내, 가으내 벌레 잡기와 줄기 세우기로 공들였을 주인의 이름표를 달고 품평회에 니온 자태가 대견하다.

옥상으로 오르는 돌계단 옆에서 드나드는 이들의 눈길을 모으던 옛집 뜰의 '현애'를 쏙 빼 닮았다. '천향심초' '은파' '설풍' 등 오랜만에 다시 보는 국화들이 낯익은 얼굴로 다가온다.

국화재배에 심취했던 시절. 봄부터 여러 품종들을 모종해 오거나 꺾꽂이를 해서 정성들여 가꿨다. 좁은 뜰 안에 꽉 찰만큼 국화화분을 들여 놓고서도 대문 지붕과 옥상까지 전을 벌였다. 수돗물을 끌어 올려 내 키보다 두 뼘은 더 큰 물뿌리개를 맞추어다 아침저녁 물을 주었다. 위에서 내려다보며 흠씬 뿌렸으므로 한여름에도 국화들은 목마르지 않았다.

송이가 큰 대국은 지주로 꽃대를 세우고 동그란 철사 고리로 꽃받침을 받쳐 주었다. 해충구제와 영양제 살포에 손길을 거르지 않고 보살피니 가을이 되면 여느 꽃집 못지않게 탐스러운 국화꽃 동산을 이루었다.

국화가 만발한 늦가을 어느 날, 동네 사람들에게 국화꽃 잔치를 알린다. 활짝 열린 대문으로 이웃들의 발길이 이어지고, 들깨 토란국에 생김치 버무려서 푸짐한 점심상 차리며 신바람이 난다. 유자차 한 잔에 온갖 재담이 오고 간 후, 저마다 싸들고 온 한복들 갈아입고 뜰로 나간다. 국화 향기 가득한 뜰에서 사진을 찍으며 까르르 웃어대던 수수하고 건강한 웃음소리. 이웃사촌끼리 나누던 정겨운 꽃 축제였다.

구불구불한 꽃길은 이제 '국화가 있는 정원'으로 이어진다. 들국화와 갈대의 어울림이 멋스럽다. 내가 좋아하는 꽃꽂이의 소재다. 키 낮은 들국화가 장독을 에워싼 시골집 표정도 정겹다.

'압화기법'의 인테리어 소품들이 눈길을 끈다. 색깔 선명하고 싱싱한 국화를 예쁘게 눌러 용기 안에 넣고서 코팅한 것들이다. 사진틀과 컵받침, 브로치가 앙증스럽다. 배워서 손수 만들어 보고 싶은 응용기법이다.

진실, 고결, 맑음의 꽃말을 지닌 국화. 사군자의 일원으로 예술혼을 불러일으키는 국화 옆에서 향내 짙은 하루를 보낸다.

빛 고운 모시주머니에 담긴 국화꽃잎 포푸리를 몇 개 사고 자리를 뜬다. 자동차에 싣고 다니면 마음을 맑게 하는 향기를 피우리라 믿으면서.

다시 이어진 가교(架橋)

S빌딩 스카이라운지 레스토랑은 평일 한낮의 한산함으로 여유와 평화가 넘실거리는 듯 보인다. 낮게 드리워진 블라인더를 조금만 올려달라는 청탁을 식사 주문에 곁들인다. 조금은 서먹하여 자주 시가지를 내려다보다가 눈이 마주치면 미소 지으면서도 얼른 말문을 틔우지 못하는 우리 둘. 짧은 만남 뒤에 긴 시공이 흐른 탓일까.

사제지간인 나와 득이는 처녀 선생님과 갈래머리 소녀로 인연이 시작되었다. 그해 담임을 마치고 결혼을 하여 학교를 그만 두고 남편이 있는 최남단 섬으로 떠났다.

뜬금없이, 지루한 장마가 걷힐 즈음의 지난 유월 어느 날 낯선 전화를 받았다. 이름을 말했지만 중년의 나지막한 음성이 내 상념 속의 제자 득이라고는 믿어지지 않았다. 차근차근 들려준 자초지종 이후에야 내 결혼사진 속의 소녀 득이임을 떠올렸다. 감격이 물밀 듯 했다. 긴 세월 동안을 한 스승의 그림자를 찾으려고 애쓴 내력이 심금을 울려 피부가 비늘처럼 일면서 소름이 돋았다.

통화 이후 유월이 가기 전에 득이는 서둘러 나를 보러 와 주었다. 초인종이 울리기 무섭게 인터컴을 살필 여유도 없이 달려가 문을 열었다. 문 밖에 서 있는 여자, 그녀를 맞으려고 튀어나간 나, 생각 속에서는 얼싸안고 감격의 눈물을 흘릴 법하련만 주춤한 채 서로 바라보기만 한다. 길에서 마주쳐도 그냥 지나칠 만큼 우린 변모해버렸기에.

나의 신혼집 주소로 한동안 편지왕래가 있었으나 이사하면서 연락을 보내지 못하였다. 아기 낳고 키우는 동안 겨를이 없었다는 핑계가 전부일 뿐. 그러구러 득이도 결혼을 하여 대구에 살게 되면서 짬짬이 봉투에 적힌 주소를 가지고 수소문하러 다녔지만 오래 전에 머물다 간 옛사람의 흔적을 찾을 수 없더라고. 이젠 마지막이라는 각오로 승용차를 몰고 당시 내 남편의 근무 지명을 떠올리며 찾아 갔다는 것. 그곳에서 결국 현 근무처를 알아내고 말았다면서 〈TV는 사랑을 싣고〉를 시청할 때마다 느끼던 감동의 순간을 공감했다고.

점심을 함께하며, 촉석루를 거닐며, 차를 마시며 제자의 지난 삶 이야기를 들으면서 불우했던 어린 소녀의 모습을 떠올린다. 눈이 슬퍼 보이던 아이, 늘 생각에 잠기는 듯 말수 적고 그늘이 깃들어 연민이 가던 소녀였다.

한 발자국. 아쉬움을 말아 쥐고 돌아간 득이가 보내오는 편지 한 귀퉁이에 순서를 알리는 일련번호 대신 이렇게 표기되어 있다. 두 발자국, 세 발자국, 네 발자국이라고. 열아홉 발자국에서 일단 멈춤 할 때까지 매일처럼 날아온 얼룩진 사연들. 30년 동안 막힌 봇물이 터진 것처럼 그리움과 자신의 삶에 대한 궤적이 나타나 있다.

"어린 날부터 가난 속에 살던 저에게 한 줄기 힘과 꿈이었습니다. 애써 구해주신 신문 배달 일이 삶의 시작이었고 세상살이의 첫 관문이었나 봅니다. 학교에서 돌아와 선반에 놓인 보리개떡으로 허기진 배를 메우고 신문사로 달려갔습니다. 어서어서 신문을 돌리고 마지막 남은 한 장은 선생님께 드릴 기대에 참 부지런히 뛰었답니다. 덕분에 지국장님께 칭찬을 듣곤 하였지요."

제자의 편지는 까마득하게 잊었던 젊은 기억 속으로부터 실마리를 풀어내어 감성을 불러일으켰다. 퇴근길의 나를 기다리다가 말없이 건네주던 신문 한 장, 그것이 보답의 몸짓이고 가까이 만나고픈 마음의 표현이었다니.

"꽃샘추위 날 제 어깨에 걸쳐준 외투를 소매부리가 닳도록 입으면서 그리움에 젖던 나날도 있었지요."

확연하게 득이에 대한 기억들이 스멀스멀 떠오르기 시작한다. 학기 초에 가정방문을 실시하였는데 기차 철로 밑에 지어진 움집 같은 집이었다. 문은 자물쇠가 걸려 있었다. 아버지는 엿판을 메고 돈벌이 가고 어머니도 품삯일 나가고 없었다. 이후 득이에게 신문배달 일을 소개하였다. 당시는 초등학교도 무상교육이 아니었으므로 납입금이라도 보태줄 요량이었으리라. 적절한 학급 소임도 맡겨 무언의 용기를 주었다. 아니나 다를까. 학급 생활도 활발해지고 성적도 향상되었다. 얼굴도 밝아졌다.

내가 학교를 떠나고 득이도 졸업을 하여 일찌감치 생활전선에 나서면서 편지 왕래가 있었다. 나이어린 제자의 추운 마음을 다독이느라 당부와 위안의 답서들을 띄워주곤 했던 기억이 난다. 인생을 헤쳐 가는 지팡이이며 좌우명이었다고 이번 편지에 적혀 있다.

오늘의 재회가 그녀의 끈질긴 노력에 의한 만큼 다시 이어진 가교는 무지개처럼 곱고 아름답게 이어가리라.

그림자 찾기

일기 쾌청, 기분 만점. 모처럼의 가을 나들이에 최상의 조건이 부여된 아침이다. 더욱이 외할머니의 고향이 보고 싶어 동행하기로 한 란과 영제까지 합류하니 즐거움이 넘친다. 내 어머니의 고향이기에 앞서 피난길에 눌러 앉아버린 몇 해 동안의 삶의 추억이 간직된 곳이기에 설레는 마음으로 문학기행지 '고창'을 향해 떠난다.

선운사 일주문, 가을 햇살을 등에 업은 채 다소곳이 흐르는 개울물과, 예나 지금이나 별로 달라지지 않은 모습으로 고즈넉하게 서 있는 일주문이 낯에 익어 기쁨을 감추지 못한다. 한달음에 내닫듯 그 문을 지나쳐 돌계단을 오른다. 조금 전에 점심을 먹었던 절 언저리는 옛 모습을 찾아보기 어려워 조금

낯설었던 터라 반가움이 앞섰다.

대웅전은 빛바랜 단청을 그대로 입고 있어 정취가 예스럽다. 뒷산의 울창한 동백 숲도 여전히 햇빛에 반짝인다. 어느화창한 봄날, 소풍 왔던 소녀 적 모습이 떠오르도록 선운사는 정겹게 내게로 다가온다. 탑돌이 하던 6층 석탑 옆 풀밭에 빙 둘러 앉아 도시락을 드시던 선생님들 모습. 밤을 꼬박 새우다시피 어머니가 마련한 일품요리들을 드시면서 즐거워했다. 지극했던 어머니의 자식 사랑이 새삼 그리움으로 사무친다.

대웅전 맞배지붕 끄트머리에 매달린 풍경 소리와 소쩍새 울음에 잠 설치던 친구들은 어디에 살고 있을까. '그립고 아쉬움에 가슴 졸이던 머언 먼 젊음의 뒤안길에서' 차 안에서 내가 읊었던 서정주의 〈국화 옆에서〉가 절절하게 와 닿는다. 내려오는 길에 미당의 시비 앞에 잠시 머물러 육필 시 〈선운사 동구〉를 들으며 시심에 젖는다. 읍성으로 향하던 중, 고창 출신 작가들의 시비 동산에 들러 자연석에 아로새겨진 작품들을 보며 미당 시비에 버금가는 예향의 명소임이 부럽다.

모양성 정문 앞. 뭉클해짐을 짓누르며 그윽하게 성벽을 올려다본다. 얼마나 수없이 오르내리던 성벽이던가. 아이들의 놀이터로, 소녀들의 사진 촬영지로, 어른에게는 답성지로 그리고 이른 새벽이면 발성 연습 장소로 모양성은 비워질 틈이 없었다. 어린 시절에 멋모르고 드나들던 사적지를 역사적 조명에 의한 해설로 문화원장에게서 들으니 새삼 감회가 새롭다.

진달래꽃을 꺾으려고 후들거리는 다리로 가까스로 오르내리던 석벽이 완벽하게 복원되어 있다. 치마폭으로 돌을 날랐다는 삼백여 년 전 무명치마 여인들의 숨결에 귀 기울인다.

모양성 안에는 고증에 의거한 복원 사업으로 공북루와 진서루를 비롯하여 동헌, 향청, 관청, 객사 등을 재현하여 고을 도읍지로서의 면모를 갖추어 놓았다. 절친한 친구네 집이었던 성안 보안사는 흔적조차 없고 절터엔 희귀종 맹종죽만 무성할 뿐이다. 머루 다래랑 산딸기, 으름을 따 먹으러 찾아가던 그림은 머릿속에나 간직해야 할까 보다.

무병장수와 극락승천을 염원하며 답성놀이하던 여인들처럼 일행도 성곽을 밟다가 어느 새 등양루 앞으로 되돌아온다. 불현듯 외조부님 장례식 장면이 되살아 오른다. 초대 고창군수이시며 독립 유공자이셨던 공로로 사회장으로 모셨던 그 자리. 봄비가 부슬부슬 내리는데도 장사진을 이루었고 시가행진으로 이어진 긴 장례행렬이 흩어짐 없이 경건하였다. 길가에 운집한 군민들도 마지막 이별이 아쉬운 듯 비를 맞으며 배웅해 주었다.

유학의 선비요 문필가로 또한 독립유공자의 공로로 건국과 함께 고창군수로 추대되었다. 한국전쟁 당시에는 인민군에 잡혀 호된 옥고를 치르고도 다시 고을의 복구를 위해 분투하던 외할아버지. 정치인이라기보다는 군민의 정신적 구심점 역할로서 추대되었다고 들었다. 궐기대회도 잦았던 그 시절, 단상에 오르면 운동장이 쩡쩡 울리도록 충과 효를 부르짖던 강직한 목소리가 들리는 듯하다.

　가을 끝자락에 다녀온 문학기행이 고창이어서 한층 뜻이 깊다. 외가에 머물었던 여섯 해가 소녀다운 감성이 짙은 시기여서인지 새록새록 떠오르는 기억들도 곱고 아름답다.

　오늘 막내딸과 함께한 여행에서 희미해져가는 추억의 그림자들을 찾아내어 다시 고운 영상으로 가슴에 채워 둔다.

보랏빛 예찬

　내가 보랏빛을 좋아하게 된 것은 그 패랭이꽃 화단으로부터 비롯한다. 젊은 날 세들어 살던 한옥 뜨락에 이사 들던 날 보라꽃 축제가 펼쳐지고 있었다. 잘 가꾸어진 화목들 사이로 연보랏빛 일색의 풀꽃들이 낮은 포복으로 하늘거리던 광경은 두고두고 잊지 못할 꿈같은 정원이다.

　시골에서 진주에 첫발을 디딘 갓 서른 새댁의 낯가림이, 멋들어진 꽃밭과의 눈 맞춤으로 훨씬 수월하게 시작된 듯하다. 깔끔한 성품에 꽃나무를 아끼는 주인댁과 잘 맞추어 지낼 수 있을 것 같아 마음이 놓였다.

　아침 일찍 뜰에 나서다가 물기어린 보랏빛 꽃들에게 눈이 가면, 아직 눈까풀에 달려있던 졸음이 싹 씻겨버리는 신선한 충격을 느끼면서 하루가 싱그럽게 시작되곤 했다. 대문을 활짝 열어 놓고 집 앞을 쓸면, 저마다 한 마디씩 건네곤 하던 이웃이나 행인들과도 스스럼없는 사귐의 빌미가 되어주던 패랭이 꽃밭, 그 봄날의 보랏빛 축제의 기억이 생생하다.

마당 가운데 점심상 봐서는 맏이와 두 살 터울 돌잡이 작은애 앉혀 놓고 주인아주머니와 함께 밥 먹는 날은 마음이 꽃을 닮아갔다. 실바람에도 못 견디어 잔주름 접던 보라의 물결 사이로 순수하고 건강한 웃음꽃이 어우러진 한 폭의 젊은 사진첩이다.

그 무렵에 마련한 외출복도 색상이 보라였다. 구두코까지 흘러내린 진보랏빛 긴 스커트에 리본으로 여민 연보라색 블라우스와, 동색 계열의 짜임이 굵은 망토풍의 덧옷을 걸치는 차림이었다. 일테면 내 멋대로 골라 맞춘 토털패션 같은 것. 애를 업을 때 말고는 나들이마다 즐겨 입었던 외출복이었다.

겨울에 아랫목에 깔아둘 자그마한 이불 한 채를 새로 꿰맬 적에도 중간보라 이불 판에 연한 보라 호청을 시쳤더니 방 분위기가 화사하면서도 고상해졌다. 〈백조의 호수〉 프리마돈나의 무용복이 연상되는 연보라 원피스를 뜨개질과 레이스 바느질을 하여 두 딸내미에게 만들어 입혔으니 어지간히 보라 취향이었나 보다.

산모롱이에 호젓하게 피어 있는 들꽃처럼 가련함과 외로움의 상징 같기도 한 보랏빛. 강렬한 원색은 아니면서 무채색도 아닌 무던한 이차색 빛깔이 부드럽고 편안하여 나는 좋아 하나보다. 색도 중 '적'과 '청'이 알맞게 섞임에 따라 연보라가 되고 진보라 혹은 중간색이 되기도 하는 오묘한 색조 보라.

평생회원으로 가입하여 봉사하고 있는 '가정법률상담소' 사무실에는 보랏빛 이미지가 넘칠 만큼 넉넉하다. 벽면에 붙은 포스터의 바탕색이라든지 안내 책자의 표지가 그러하다. 오늘 기념행사에서 회원들의 옷과 어깨에 걸친 휘장도 같은 색조이다. 보라색이 법(法)의 상징 색깔인 연유이다. 더함도 뺌도 없는 엄정함이 법의 본질이니, 현철한 판단력을 잃지 않기 위하여 들뜨지도 가라앉지도 않는 보랏빛 배경으로 밝은 이성을 일깨우라는 염원이 담겨 있음이다.

나의 탄생석은 토파즈이다. 맑고 연한 청보랏빛이다. 친정 조카의 보석가게에서 새끼 손톱만한 토파즈 알맹이에 18K로 가공한 목걸이와 반지를 마련한 적이 있다. 흔한 보석이라 값이 저렴한 데다가 탄생석이라는 의미를 부여하니 마음에 든다. 앙증스러워 가끔씩 착용해 보면 질리지 않아서 좋다.

처음으로 내 집 마련을 하고는 예전에 살던 집으로 연보랏빛 패랭이꽃 모종을 얻으러 갔다. 그 집에 살면서 꾸던 꿈을 실현하고 싶어서다. 연못 가장자리에 심고 정성들여 가꿨지만 토질과 채광이 맞지 않았던지 꽃밭 조성이 시원스럽지 못하였다. 화분에 옮겨 심었지만 아쉬움이 남았다.

언제라도 마당 넓고 햇볕 좋은 집에 이사하면 미풍에도 꽃물결 그리는 패랭이꽃밭과 등나무 넝쿨 드리워서 흐드러진 보랏빛 세상을 마련하고 싶다.

아직도 보랏빛을 보면 정감이 간다. 옷이든 소지품이든 여러 색깔 중에 고르다 보면 결국 보라를 택한다.

신비하고 우아한 보랏빛이 행운의 빛깔이라는 불가사의를 믿어보고 싶은 소망이 마음속에 숨겨져 있는 걸까.

보랏빛을 지니면 기분이 좋아진다.

마이산에서 만난 친구들

두 개의 암봉이 굽어보는 마이산 자락에서 두 대의 버스가 서로 만났다. 팔십여 개의 원추형 기둥을 닮은 돌탑들의 탑사에서 팔십여 명 옛 학우들이 다시 모였다. 100년을 흘러온 돌탑은 신비함을 더해 가는데 학창을 떠나 반세기만의 우리는 '돌아와 거울 앞에 선 누님' 같은 얼굴이다. 자연과 인간의 차이는 과연 무얼까. 마이산 돌탑의 불가사의는 중생을 구제하고 만인의 죄를 속죄한다는 만불탑 이름답게 의연하다.

선두는 어느 새 등산로를 향하고 있다. 정상에 올라서 반대편 산 아래 만찬장으로 가기 위해서다. 산행이 어려운 친구들은 차편으로 가고 대다수는 쉬엄쉬엄 계단을 오른다. 앞서거니 뒤서거니 정담이 오간다.

인근 장수에서 달려온 친구가 아침을 걸러 배고프니 입가심 하고 가자며 수십 년 공백을 튼다. 기숙사에 동숙할 적에 집에서 보내 온 파김치 한 동이를 송두리째 한 끼 반찬으로 내어 놓던 그녀. 통 큰 성격답게 여전히 시원시원하다. 아들을 얻으려고 여섯째 딸까지 낳고는 임신중독증으로 결국 포기했단다. 직장인으로 출산과 육아가 만만치 않았으리니 대를 이어야 하는 맏며느리의 고달픔에 동병상련이 된다.

오르막길이라 자꾸 뒤처지다 보니, 되레 친구들을 섞바꿔 가며 걷게 되어 그도 재미스럽다. 풍화 작용에 씻긴 마이산 암석은 군데군데 동굴 모양의 공동을 드러낸다. 세월의 흔적이 느껴지는 대목이다.

가까스로 정상에 올라 보니 바위산임에도 식물이 무성하다. 나무 그늘 쉼터에 앉아 발아래 펼쳐진 경관을 바라보며 바람결에 땀을 식힌다. 맑고 푸른 하늘이 아주 가까이 내려와 가을 산에 앉는다.

내리막길은 오르막길보다 더 힘겹다. 마치 다가오고 있는 우리의 삶처럼. 모두가 현직에 있을 때에는 우리의 만남도 여름 방학 중인 광복절 날이었으나 일선에서 퇴진하고는 좋은 계절 시월에 만난다. 삶의 짐들을 내려놓고 홀가분한 마음으로 자연 속에 어울려 보는 하루가 편안하고 즐겁다. 풍상을

겪은 나무가 의젓하고 미덥듯이 지나온 연륜 앞에 겸허하고
진중해진다.

만찬장에 모이자 이내 식이 시작된다. 유명을 달리한 친구
의 명복을 빌고 참석 못한 친구의 애절한 마음이 편지와 시로
써 전해져 온다. 소임을 맡아 수고한 임원에게 고마운 정을
표하고 새 견인차가 될 후임을 뽑는다.

식사에서 뒤풀이가 이어질 동안 소곤소곤 이야기꽃 피우며
쌓인 이야기 나누는가 하면, 거나해진 얼굴로 술잔을 권하러
나서는 친구. 학교 다닐 적에는 교실도 동편 서편 나뉘어져
골마루에서 만나도 외면하고 다니던 남녀 학생의 벽이 허물어
진 풍경이다.

동창회 때마다 우정의 끈 이어주기에 수고를 아끼지 않는
단짝 친구가 있어 먼 길 마다 않고 참석하게 된다. 간밤의 오
붓한 시간도 즐거운 기억으로 남으리라. 그녀의 자작시 〈관
계〉의 시구처럼 그렇게 살아볼 일이다.

'우리 서로 한 사발 뜨거운 물 되어
토렴의 관계로 살아가면 참 좋겠네.'

어떤 삶의 향기

외갓집 가는 조붓한 옛길에 늦가을이 소로소로 내려앉았다.

새빨간 단풍 색에 누르스름하고 불그스름한 낙엽 빛깔이 어우러져 멋진 가을을 노래하고 있다.

일부러 붐비지 않는 길을 택해서 한적하게 달리면서, 계절의 정취에 한껏 젖노라니 마음이 절로 흥에 겹다. 간밤을 꼬박 새우다시피 이야기꽃을 피웠건만, 노곤함도 잊은 채 차 안에는 다시 담소와 노래로 고운 무늬가 수놓인다. 시월 끄트머리 나들이가 오늘 아침에 먹은 홍시처럼 달착지근하다.

달포 전에 외가 편 조카며느리로부터 초대 전화가 걸려 왔었다. 외삼촌과 고모님들을 국화 축제에 모시고 싶다 하였다.

지난 봄 조카 가게에 들렀을 때 얼핏 운을 떼었던 터라 얼른 알아채고 흔쾌히 응답했다.

어제 저녁나절에 전주의 조카 집에는 대구에서, 진주에서 혹은 시내로부터 초대 받은 손님들이 모여 든다. 칠십 안팎, 환갑 전후 외사촌들이 손 맞잡고 얼싸 안으며 만남의 기쁨을 나누기에 한동안 현관문이 부산하다. 한 탯줄에 태어나신 부모님들은 타계하신 지 이미 오래고, 그 자녀인 외사촌들은 뿔뿔이 흩어져서 제 살림 꾸리느라고 좀체 한 자리에 함께 하기 어렵다. 이번에 조카네가 의미 있는 만남을 주선한 셈이다.

조카는 큰이모님의 맏손자이다. 곱상하고 순수한 외모와는 달리 그가 살아온 내력은 험난한 역경의 가시밭길이었다. 학업 중인 그가 다섯 동생을 거느린 육남매의 가장이 되고부터였다.

아버지의 장례를 치르고 난 뒤 집안 어른들은 나이 어린 의붓동생 셋을 보육원에 보내자고 의논하였다. 허나 이를 조카가 막고 나섰다. 그들도 내 혈육이니 그럴 수는 없다며 어렵더라도 함께 살아가겠다고 단호하게 말했다.

그 이후로 조카는 철부지 동생들에게 엄한 아버지며 자애로운 어머니의 존재였다. 젊음을 누리고 싶을 한창 나이에, 집안을 다스리고 생계유지와 학비 마련에 고심했을 그의 어깨는 힘겹고 무겁기만 했다. 출가한 고모님이 유일한 상담자요 후원자였다. 조카가 다섯 동생들을 반듯하게 키워서 제 가정을 이루게 하기까지 고모님은 안쓰러운 마음으로 지켜본 산 증인이기도 하다. 이제 불혹을 넘어 지명을 눈앞에 둔 조카는 성실한 지아비에 세 남매의 믿음직한 아버지로 자신의 삶도 잘 가꾸고 있다. 조카의 삶은 헛되지 않아 주위의 모든 사람들이 칭송을 아끼지 않는다. 결코 아무나 흉내 내지 못할 값진 삶의 보상으로 얻어진 찬사이다.

그의 오늘이 있기까지는 아리따운 조카며느리의 숨은 공도 간과할 수 없다. 남편의 뜻을 헤아리고 함께 발맞추며 살아온 보람의 결정체는, 그들이 경영하는 가게에 진열된 보석보다도 더욱 영롱하고 아름답다. 조용조용 다소곳한 조카며느리의 품성이, 조카의 강한 책임감과 속 깊은 정을 발현시키게 하는 밑거름이 되었을 터이다.

정성스럽고 맛깔스럽게 차려낸 엊저녁 만찬상에는 한 분 고모님의 칠순 생신을 챙겨드리려는 숨은 뜻이 깃들어 있었다. 어림짐작해서 준비해간 케이크에 촛불을 켜고 모두들 생신 축하의 노래를 부른다. 새로 마련한 보금자리에서 오붓하게 정겨운 잔치를 벌이면서 즐겁고 흐뭇하다. 어린 시절을 함께 보낸 외사촌들끼리 옛 이야기 반추하면서 추억의 갈피를 열어 본 좋은 밤이다.

오늘은 조카 부부의 예정표대로 고향 가는 옛길을 달리고 있다. 비록 육이오 피난 탓이긴 하지만 내 어린 시절의 흔적이 빛바랜 사진처럼 새겨져 있는 어머니의 고향을 찾아가는 길이다. 조카는 그 어려운 삶 속에서도 대대로 뿌리 내려온 고향집을 기어이 지켜 냈다고 한다. 다시금 가슴속에 감동의 물결이 일렁임을 느낀다.

고창읍 달고리 외가의 집터는 사라진 지 오래고 그 언저리에 납골당 한 채가 덩그러니 자리하고 있다. 외가 어르신들을 한자리에 모신 현대식 묘소이다. 유난히 동기간의 우애가 깊으시던 내 어머니는 출가외인이시면서 유일하게 친정 묘에 들어 계신다. 상석 위에 술잔을 올리고 모두 엎드려 재배하니 새삼스레 그리움 솟구쳐서 눈시울을 적신다.

산소 근처에는 국화 축제가 한창이다. 삼십만 평 들판에 지천으로 국화가 피어 있고 경진대회장에는 공들여 키운 각종 국화들이 품종별로 늘어서 있다. 서정주의 시 〈국화 옆에서〉의 시구처럼, 저들이 저토록 화려한 자태로 피어나기까지 얼마나 사무친 기다림에 몸을 떨었을지 헤아리고도 남는다.

미쁜 삶을 살아온 기특하고 아름다운 조카 부부에게서 문득 그윽한 국화 향내를 느낀다. 가을 하늘처럼 맑고 정겨운 그런 향기를.

차를 음미하니 은근한 국화향이 가슴에 그득하다.

어느 출판기념회

비몽사몽의 혼미 속에 어디선가 살포시 촉촉한 향내가 감돌고 있다. 선잠깬 아이처럼 두리번거리며 한껏 후각을 열어젖히니, 아! 좁다란 차창 틈을 비집고 날아온 아카시아 꽃 향기. 꽃샘바람에 온몸을 나부끼며 아카시아 나무들이 창밖을 스쳐간다. 차멀미로 어지럽던 머릿속은 신선한 충격으로 산뜻해지고 몸이 가뿐해지는 느낌이다.

무릎 위에 펼쳐 놓은 시집 ≪회상≫을 집어 들어 다시 음미해 보려하니 아카시아 향기 속에 이효정님의 잔잔한 미소가 떠오른다. 이효정님에게서는 고운 꽃 향기가 스미어 나오는 듯하다. 장미나 백합의 강한 냄새가 아닌 바람결에 풍겨오는 은은한 풀꽃의 향기 같은 것.

보내주신 책의 첫 장을 넘기니 아직 빛깔이 변하지 않은 연보랏빛 패랭이꽃 사이로 그분의 수줍은 듯 다소곳한 모습이 보였다. 바로 뒷장에는 잘 손질해서 말려진 새빨간 단풍잎 두 잎. 서로 다른 이미지의 마른 꽃잎을 바라보다가 패랭이꽃처럼 가녀린 외모 속에 감추어진 불같은 열정, 얼핏 그분의 표상처럼 느껴진다.

고령에도 불구하고 붓글씨며 사군자며 시작노트까지, 여리신 몸 어디에 강렬한 집념과 애착을 숨겨놓고 계신 걸까. 하긴 일제 강점기에 여학생의 몸으로 광복에 앞장서다가 숱한 옥고를 치렀다는 후일담을 들으면 예사 어른은 아니다.

내가 늦깎이로 문학에 입문할 무렵에 용기를 얻은 것은 이효정님 덕분이다. 문학회에 들까말까 망설이며 모임에 처음 참석하였을 때 희수를 바라보던 그분을 보곤 마음을 정할 수 있었다.

오늘 첫 시집 ≪회상≫의 출판기념회를 축하하러 마산에 가는 길이다.

'ㄷ' 화랑엔 하객들로 술렁이고 있다. 가향회원들이 진행을 맡아 분주하게 준비하는 모습들이다. 중견 문인들이 자리해 주어서 감격스럽다

S시인의 〈진달래 꽃병 옆에서〉가 아름답게 낭송되고, 서툰

첫 솜씨의 내가 〈거울 앞에서〉를 낭독한다.

슬하의 삼남매를 울타리 삼아 소녀 같은 잔잔한 미소를 바라보며 감동에 젖는다. 출판을 굳이 사양하다가 지난해에 호된 병고 치르시곤, 어머니 시집 한 권 물려받고 싶다는 자식들 권고에 시작(詩作)노트를 내놓았다던 〈후기〉 속의 한 구절이 떠오른다. 시 한 수마다 담겨진 맑은 마음 밭 헤아리니, 황혼녘에 남기는 삶의 자취가 아름답고 귀하다.

지난겨울에 '이 세상에 내가 없더라도…' 말끝 흐리시며 넌지시 쥐어주신 꾸러미에 '플루트 부는 소녀상'이 들어 있었다. 공예가인 둘째 아드님의 작품을 선물해 주신 것이다. 거실 사방탁자 위에 놓인 청동 좌상을 바라보면 뭔지 모를 순수한 상념에 젖곤 한다.

귀가길 버스 안에서 갈 때 맡았던 아카시아 향기보다 더 짙은 향기가 마음에 스민 듯 나른한 일정에도 고단함을 잊는다.

이효정 님을 본받아 나의 삶에도 아름답고 값진 수를 놓고 싶다.

강릉 일주 그리고 신사임당 알현

　강릉의 아침은 산뜻하고 안온하다. 맑은 공기가 싱그럽다 못해 향기를 머금은 듯 달콤하게 느껴진다. 비바람 치던 어제의 힘든 여정 뒤에 맛보는 가뿐함 때문일까. 여독을 풀기에 넉넉한 따스한 방과 하얀 위생복 차림의 친절한 주인이 차려준 아침 식사덕분인지 강릉의 산수와 인정에 후한 점수를 주고 싶다. '가향' 문우들과 동행이라서 더 즐거운가도 모르지만.

　고요하고 잔잔한 경포 호수를 차창 너머로 감상하며 강릉일주가 시작된다. 옛날 욕심쟁이 최 부자가 스님에게 시주대신 똥물을 퍼다 준 벌로 마을은 호수가 되고 곳간의 쌀은 조개로 변했다는 경포 호수. 이후 오랜 세월을 두고 흉년에도 맛좋은 조개가 풍요롭게 잡혀서 빈민구제에 큰 힘이 되었다고 전하는

데 호수는 전설답게 품이 넓어 보였다.

선교장 가는 길을 묻기 위해 볏가을하느라 여념 없는 농부 내외의 멍석자리 옆에 차를 멈춘다.

"선교장을 모르는 걸 보니 여기 사람은 아닌 것 같으니까 지름길은 알려주어도 살캉살캉 할 것 같고…."

사람 좋아 보이는 반백의 농군이 아리송한 사투리 섞어가며 자세히 일러 주는 대로 오던 길을 되짚어 나가며 "복 받으세요" 누군가 창밖에 대고 덕담을 보낸다. 구경도 좋지만 노중에 친절한 이를 만나는 것도 여행의 덤이라는 생각이 든다.

조선 시대 사대부의 고택인 선교장에 다다른다. 산줄기를 업고 얕은 내를 안은 아흔아홉 칸 가옥은 얼핏 보기에도 명당자리이다. 전주 이씨 효령대군의 11대손이 집터를 잡은 이래 후손들이 지었다는데 사랑채인 열화당을 비롯하여 안채와 동별당, 서별당, 행랑채에 정자까지 갖추고 있어 조선 시대 사대부 명문거족의 풍모가 한눈에 보인다. 안채에는 방마다 반침이 딸려 있고 찬장이 부설된 부엌까지도 살림살이 수납에 편리를 도모한 흔적이 돋보인다. 행랑채 바깥 쪽 입구의 활래정은 못 안에 세운 돌기둥에 의지하여 연못가에 지은 정자로서, 누마루를 곁들여 마치 물 위에 떠 있는 것처럼 보이는 건축양식이다. 주위의 풍광과 조형미가 어우러지는 당대 정원 문화의 대표적 건물로서 손색없는 주택이다.

　사랑채 앞쪽에는 석양을 가리기 위해 차양이 얹혀 있는 모양새인데 당시 러시아 공관에서 선물로 지어준 것이라고 전한다. 왠지 한복 입고 운동모자 쓴 몰골이어서 썩 어울려 보이지는 않는다.

　오죽헌으로 신사임당을 만나러 가는 발걸음이 가볍다. 시와 글씨는 물론 그림에도 뛰어난 여류 예술가 신사임당. 문신이며 석학인 이이 율곡의 어머니로서 사대부 부녀의 덕행과 재능을 겸비한 현모양처로 칭송받고 있는 여인. 내 마음속 우상을 십여 년 만에 다시 만나러 간다. 아들 이이가 〈행장기〉에 어머니의 예술적 재능과 우아한 천품 그리고 순효한 성정을 기록했거니와 몇백 년이 흐른 오늘에 이르기까지 사임당만큼 오래오래 추앙받는 여성도 드물다.

　사임당이 용꿈을 꾸고 이이를 낳았다는 몽룡실 앞에 선다. 툇마루에 내린 햇살이 따사로운 가을로 앉아 있다. 가지런하게 열려있는 띠살 무늬 창호에 고즈넉한 기운이 감돌아 사임당의 기품이 엿보인다. 대청마루에 단정히 앉아 글을 읽는 율곡의 청아한 목소리가 들리는 듯하다.

　사임당이 출가외인으로 친정에 연연한 것을 지적한 사학자도 있으나, 홀로계신 친정어머니를 보필하면서도 사대부가의 부인으로 모자람이 없었으니, 오히려 훌륭한 선구적 여성으로 인정해야 할 덕목이다. 신사임당의 화폭에 그려진 산수와 포도, 초충들의 생동감은 오죽헌 주변의 자연경관으로부터 발현되었을 터. 아마도 율곡이 좋은 환경에서 바른 교육을 거쳤기에 훗날까지 두루 쓰인 어린이의 지침서 ≪격몽요결(擊蒙要訣)≫ 같은 책을 펴낼 수 있지 않았을까.

강릉에는 유서 깊은 사적지가 많아서인지 일일이 둘러보려니 발걸음이 부산하고 마음이 바빠진다. 평생 에디슨의 발명품을 모아 소장했다가 '참소리 축음기 박물관'을 연 한 개인의 집념어린 흔적을 감동 깊게 관람하고 서둘러 강릉 시내로 달린다. 식당을 찾아 여기저기 배회하다가 결국 초당마을로 차머리를 되돌린다. 순두부 맛을 보고 가자고 뜻을 모았기 때문이다. 아침나절에 허균과 허난설헌 남매의 생가를 보기 위해 들렀던 초당마을로 다시 돌아가고 있다.

과연 초당은 두부마을 호칭이 적절하다. 간수 대신 바닷물을 천연응고제로 이용한 두부와 순두부와 비지의 맛이 각별하다. 초당에 오길 잘했다고들 즐거워한다.

다시 오고 싶던 강릉에 와서 역시 눈도 입도 마음까지 행복해진다.

편지와 스마트폰

편지쓰기를 일과처럼 여기던 나날들. 한밤을 지새우다시피 애틋한 사연을 적던 풋풋한 젊은 날의 초상을 그려본다. 분홍, 연두, 노랑, 파랑, 흰색 종이를 포개어 가장자리를 핑킹가위 보다 더 곱게 오려서 편지를 썼다. 책갈피 속의 꽃잎을 붙이거나 삽화를 그려 나만의 편지지를 만들었다. 펜촉에 잉크를 찍어 쓰던 그 시절, 글씨가 흐트러질까봐 밑줄 그은 받침에 맞춰 써서 띄워 보내곤 했다. 그리고는 숱한 기다림의 시간들이 흘러갔다. ─본문 중에서

편지와 스마트폰

묵은 편지뭉치를 없애는 중이다. 어림잡아 2000여 통은 됨 직하다.

연인으로, 약혼자로, 7년여 만에 결혼을 하고보니 그간 주고받은 편지들이 두툼한 두 권의 책이 되었다. 고이 간직해 온지 50년 만에, 드디어 오늘 정리대상 1호로 뽑히는 신세가 되고 말았다. 삶의 끝자락에서 버려야할 것들을 추리던 중에 첫 번째가 된 셈이다. 내손으로 해야만 할 일이다.

싹둑싹둑 자잘한 가위질을 넣느라 벌써 반나절이나 단순노동을 하고 있다. 만만치 않은 분량이다. 재활용 폐지함에 아무렇게나 던져버리기에는 왠지 맘이 허락지 않는다. 봉투와 사연이 따로따로이니 남이 알 리도 없는 터에 행여 뉘 볼세라

난도질을 해댄다. 정월대보름 '달집'에 태울 수도 있건만 기왕 맘먹은 김에 밀어붙일라 하니 애꿎게 가위 쥔 손아귀만 생고생이다.

편지쓰기를 일과처럼 여기던 나날들. 한밤을 지새우다시피 애틋한 사연을 적던 풋풋한 젊은 날의 초상을 그려본다. 분홍, 연두, 노랑, 파랑, 흰색 종이를 포개어 가장자리를 핑킹가위보다 더 곱게 오려서 편지를 썼다. 책갈피 속의 꽃잎을 붙이거나 삽화를 그려 나만의 편지지를 만들었다. 펜촉에 잉크를 찍어 쓰던 그 시절, 글씨가 흐트러질까봐 밑줄 그은 받침에 맞춰서 띄워 보내곤 했다. 그러고는 숱한 기다림의 시간들이 흘러갔다. 그가 군 이등병일 때로부터 먼 남쪽바다 섬마을 선생님으로 가 있는 동안 마음을 전하는 소통의 수단은 오로지 편지뿐이었다.

결혼과 함께 고스란히 돌아온 편지들을 왠지 되새김질하고 싶지는 않았다. 다만 아름다운 시절의 증표로 서랍 깊숙이 간직해 두었을 따름이다. 그 날의 소중했던 감정들이 혹여 빛바래질까 싶어 주저한 것은 아니었는지. 영영 사라지고 말 이 순간마저 단 한 장 일별하는 일 없이 보내는 마음. 그것 역시 꿈같은 지난 추억들을 영원히 간직하고픈 소망 때문이라고 믿고 싶다.

　고 1짜리 외손자에게 생일축하 문자를 띄운다. 폴더를 덮기
가 무섭게 답장이 날아든다. 돋보기 쓰고 더듬더듬 어설프게
보낸 할머니의 폰 속으로 손자의 문자는 쏜살같이 달려온다.
이모티콘과 약자와 부호를 동원하여 요즘 아이들이 그렇듯이
아주 사랑스럽게 보낸 답장문자다. 빠르게 소통하느라고 줄
인 말과 신조어들이 날로 늘어나서 이해불가한 말도 수두룩한
요즘 세상이다. 행여 한글이 변형될까봐 조마조마 노파심이
생길 지경이다.

　문자편지에 익숙한 손자 손녀가 그래도 할머니 생일에는 손
편지를 보내준다. 고운 편지지에 또박또박 공들여 쓴 편지에
는 맛있는 음식 만들어 주어 감사하다라든가, 언제나 칭찬해
주시니 힘이 난다고 적어 보낸다. 바다 속을 꾸민 앙증스런
유리병에 아주 작은 두루마리 편지를 넣은 외손녀의 편지가
귀여워서 책상 위에 놓아두고 본다.

　나빠진 시력을 핑계 삼으며 스마트폰을 마다하고 구닥다리
폴더 폰을 다시 구입하면서 갈등이 많았다. 구시대의 나락으
로 내려앉는 기분도 들었다. 시대의 흐름에 맞추려면 필수불
가결한 기기를 차마 외면할 수는 없다.

그럼에도 문구점에 들르면 나도 모르게 편지지 진열대 앞에 머무른다. 한참씩 구경하고 맘에 들면 사오곤 한다. 책을 보내준 저자에게 축하의 말을 적어 보내고, 고마운 이에게 친필 편지를 전하고 싶다.

편지 정리 작업을 겨우 끝내고 나니, 책상 유리 속 이효정 시인의 편지에 눈길이 간다. 살아 계시다면 100세가 넘었을 그분이 생전에 보내주신 편지다. 담쟁이 잎들이 곱게 붙여진 여백 위에 시 같은 편지글이 적혀 있다. 30여 년 전 편지다.

인사를 모른다고 섭섭해 마오. 그대를 위해 작은 담쟁이 잎을 모았소. 더 고운 물들여지기 기다리며 책갈피에 꼭꼭 간직하였소. 그 많은 인사말보다 몇 배나 기뻐하리라 나는 믿소. 그대가 기뻐할 것을 생각하면 지금도 가슴이 두근거리오.
해처럼 따사로운 그대 가슴에 꽃처럼 아름다운 담쟁이 잎을 선사하오.
88년 11월 23일.   이효정 보냄.

두고두고 보려고 코팅해 두었더니 글씨도 낙엽 빛깔도 아직까지 말짱하다. 묘소에 잠드신지 오래건만 노시인의 정감과

필적은 여전히 생생하게 가슴에 젖어 든다.

 아마 오늘 떠나보낸 편지들도 내 가슴 속에는, 영원히 원색
대로 간직되어 있으리라.

조각보의 꿈

막내딸을 시집보내고 비로소 내 소유의 방을 갖게 되었다. 사랑하는 혈육이 제 둥지 찾아 떠난 빈자리를 서둘러 메우려는 듯 집안정리에 부산을 떤다.

가구점을 들락거린 끝에 고가구양식의 책장을 사들인 것은 잘된 일이다. 수수하면서 중후한 다섯 벌의 책장들이 전통장롱들과 오랜 지우처럼 스스럼없이 어울린다. 딸들이 만든 한지공예품과 친정어머니의 바느질 작품들도 이조가구와 어우러져 고전 분위기를 한껏 내주었다.

고운 비단헝겊을 잇고 꿰매서 조각보 문양을 새긴 가야금과 화문석 자리 주머니와 벽걸이 소품들이 짙은 색 가구와 책장 사이로 한층 돋보인다. 어머니의 그윽한 미소가 조각무늬 너머로 고즈넉하다.

　조각보 바느질에 골몰하던 생전의 모습을 그려 본다. 희수에 이르도록 홀로 지내던 당신의 방에는 작달막한 손재봉틀이 일상의 반려자였다. 세모로 마름질된 분홍, 연두, 노랑, 빨강 색색의 숙고사천들이 반짇고리 안에서 웃고 있다. 침선을 돕는 부재들도 제 소임을 기다리며 자리를 지킨다. 깨어 있을 동안 늘 켜져 있는 라디오와 속내를 드러내고 싶을 때 적어보는 화선지 뭉치가 벼루와 붓을 이고서 재봉틀 한옆으로 돌아앉아 있다. 고독한 삶속의 세 친구는 라디오와 재봉틀, 낙서를 위한 붓글씨 도구였다. 어쩌다 훔쳐보는 독백 같은 글은 애잔했지만 슬기롭게 당신의 삶을 잘 기워 나갔다.
　어느 해부터인가, 어머니 다녀갈 적마다 삼층장 안에는 바느질품이 늘어 갔다. 폐백보, 예단보, 상보, 수저집, 술병 주머니 등, 시집 갈 외손녀들을 위하여 정성들여 만든 혼수용품들이다.
　친정에 갔다가 한밤중에 잠이 깨면 낮게 드리운 전등 불빛 아래서 바느질에 몰입하는 모습을 보게 된다. 소녀처럼 상기된 얼굴로 요모조모 궁리하는 표정이 더할 나위 없이 순수해 보인다. 비단 천의 씨와 날을 비껴 자르는 세모 내기, 둘을 대각선끼리 맞붙여서 네모의 조각무늬로 바느질하기. 필시 세밀한 정공을 요하는 작업일 터이며 명암과 색도를 고려해서 천 조각을 배열하려면 심미안을 요했으리라.

조각보는 당신의 혼신이 깃든 작품세계인지 모른다. 조각보 한 점을 완성하면서 깊은 상념과 시행착오인들 얼마나 거듭했을까. 봉재와 해체로 지새운 밤은 어느 만큼이었을까. 어머니가 꿈꾸어오던 이상향의 현신을 바라며 미처 이루지 못한 간절한 소망의 구도를 조각보에 새기고 싶었는지 모른다.

어머니 조각보의 기본소재는 세모이다. 색깔이 다른 두 조각의 세모가 맞추어져서 바른 네모가 되고 다시 긴 네모, 마름모 등으로 발전시켜 나가는 기법이다. 가로 세로 대각선으로 거침없이 벋어나가면서 카드섹션처럼 화려하고 다채롭게 펼쳐가고 있다. 거기에 오색구슬로 장식하고 꽃도 만들어 어머니만의 개성을 연출한다. 조각보의 문양과 배합에 아기자기한 효과를 더하면서 꿈꾸는 길을 새겼을 것이다.

아름답게 툭 트인 곧은 길. 그 길은 당신이 지향하던 이정표였음이 분명하다. 이웃 젊은이들이 붙여 준 별명은 '문화재 할머니'였다. 그럴 때면 수줍은 듯 미소로 답하던 그리운 얼굴.

조각보 만드는 일을 '복(福) 짓는 일'이라고 선조들은 칭송했다. 보자기로 싼다는 것은 복이 나가지 않게 모으는 의미라면서 장려했다. 여염집 아낙들은 자투리 천들을 모아서 호롱불 아래 한 땀 한 땀 손바느질로 꿰매느라고 밤을 지새우다시피 하면서 복 짓기를 일삼았다. 작은 쌈지로부터 커다란 보자기에 이르기까지 다양하고 독특한 창작품들이 나왔음 직하다.

　우리네 조각보 문양이 서양의 조형미술보다 100년이나 앞섰으며 절묘한 구성과 색채 조화 면에서 미학의 극치라고 전한다. 손끝이 야물고 바지런한 옛 여인들의 규방예술품이 큰 몫을 해낸 셈이다.

　어머니의 숨결 같은 조각보들을 대물림하였다. 딸애들 집에 가면 벽걸이로, 거실탁자 유리 속의 장식물로, 어느 땐 식탁러그로 꾸며져 있어 애틋해진다. 딸의 퀼트 작품과 어머니의 조각보가 한 자리에 있는 풍경은 세련미와 에스러움의 공존관계를 그려내고 있다. 내가 선물한 조각보가 지인의 집에 액자로 걸려 있음을 볼 때 가슴 뭉클하다. 어머니의 솜씨가 오래오래 아낌을 받으니 뿌듯하고 행복하다.

　김춘수 시인이 우리의 보자기를 '마치 잘 갠 가을 하늘처럼 신선하다. 그것은 어느 개인의 폐쇄된 자의식에서 벗어나 있기 때문이다.'라고 노래했다.

아직도 어머니는 조각보 안에서 고운 꿈을 꾸고 계시리라.

숲을 보면 숲이 되고 싶다

비릿한 밤꽃 내음이 바람결에 실려 온다. 정수리에 하얀 모자를 얹은 밤 숲에서는 밤나무의 입덧이 한창이다. 어느 우듬지에서 뻐꾸기가 울고 연이어 화답의 지저귐이 들린다. 야트막한 동산 기슭에서 나의 아침이 산뜻하게 기지개를 켠다. 금세 잠에서 깬 작은 숲 언저리를 지나며 하루를 여는 기분이 상쾌하다. 아침 산책길로 택하길 잘한 일이다.

고갯마루 느티골의 지킴이 느티나무가 지난 해 이맘 때 사라졌다. 휑뎅그렁하게 파헤쳐진 구덩이에서 삭막한 바람이 인다. 한가위 치마꼬리에 휘말려서 묻어온 태풍 '매미'가 해묵은 아름드리 느티나무를 쓰러뜨리고 간 자리다. 한 여름 매미의 안식처였던 나무를, 제 이름 훔쳐간 망나니 계절풍이 송두리째 헤집어 놓고 달아났다.

느티골 사람들은 이내 나무를 일으켜 세우려고 안간힘을 다했다. 오랜 세월동안 느티골의 상징이었을 거목이 하룻밤 새에 나둥그러진 몰골을 보고만 있을 수는 없었으리라. 비스듬하게나마 일으켜진 느티나무는 온 몸이 밧줄에 얽인 채로 한해가 다 가도록 수액을 달고 지냈다. 하지만 워낙 커다란 나무 둥치가 다시 대지에 뿌리를 내리기에는 역부족이었나 보다. 대견하게 버티는가 싶더니 그예 모습을 감추고 말았다. 마을 어귀에 우뚝 서서 연둣빛 새잎에서 빈 가지까지 계절의 변화를 일러주던 늠름한 자태를 다시는 볼 수 없게 되었다. 그 곳을 지나칠 때마다 안타까운 마음이 든다.

'만약 저 느티나무가 숲 속에 살았더라면 비록 광풍을 만났더라도 저토록 허무하게 무너지지는 않았을 텐데.'

모여서 더불어 사는 것이 숲의 생태이기에 서로 울타리가 되고 버팀목이 되어서 거센 바람도 함께 막아냈을 것이 분명하다.

숲의 사계는 오묘하고 경이롭다. 야들야들하게 윤기 감도는 연둣빛 융단 위에 군락이 되어 흐드러지게 핀 철쭉의 색상 대비. 그것은 환희의 찰나이며 신선한 충격이다. 여름 계곡에 펼쳐지는 짙푸른 녹음 또한 장관이며, 맑은 계곡물은 더위에 지친 뭇 발길을 머물게 한다. 절정을 이루는 가을단풍 축제는 숲의 변신 중 극치에 달한다. 겨울 숲은 알레그로로 클라이맥스를 연주하던 오케스트라가 라르고의 느린 악곡으로 바뀌고 난 악장처럼 쓸쓸하다. 고요의 사색에 잠겨 있는 겨울 나목의 자태는 슬프도록 아름답다.

겨울 숲을 찾아 빈 가지로 서있는 나목을 바라보면, 겸손과 의연함을 겸비한 선비의 기품이 느껴져서 숙연해진다. 제몫을 다하고 떨어져 내린 낙엽들이 다음 해에 틔울 새순을 위하여 언 땅을 덮어주고 거름이 되려는 순환의 진리를 깨닫게 하기 때문이다.

간혹 친구나 친지들을 가까운 지리산으로 안내할 때, 산의 비경에 젖어 더없이 기뻐하는 모습들을 보면 즐거워진다. 마치 숨겨 놓은 나만의 정원이라도 보여주는 기분이다. 조촐한 산채비빔밥 한 그릇에도 포만감이 느껴지는 것은 가슴에 채워진 숲의 정기 때문일지 모른다.

숲에 싸여 있노라면 마음이 안온하고 편안해진다. 풀꽃 한 송이 벌레 한 마리일지언정 말없이 포용하는 널따란 품을 지녀서일까. 산의 정상에서 굽어보는 멋진 장관은 위용을 보이면서도 솜이불처럼 포근하게 느껴진다.

숲의 사계에다 살아온 삶을 비추어 본다. 이미 겨울의 길목에 들어서 버린 시점에서 지나온 시간들을 투영해보는 것이다. 내 인생의 절정은 언제였을까. 남은 생애의 끝자락은 어느 만큼일까. 상념에 젖는 시간들이 늘어간다. 으레 치열하게 살지 못한 후회와 아쉬움이 뒤따르지만, 나머지의 삶도 마음 비우면서 어울려 살아가고 싶다는 것이 상념의 끝이다.

숲처럼 아름답고, 숲처럼 베풀 줄 알고, 숲처럼 외롭지 않은 삶이기를 바라는 마음이기에, 숲을 보면 숲이 되고 싶다.

어느 노스승의 눈물

　어느 노스승의 눈물을 본다. 벅찬 감격의 눈물이다. 둘러앉은 회식 자리에서 전혀 예상하지 못한 노래를 듣던 중에 흘린 눈물이다. 어디선가 익숙하게 들어본 음정이다. 언젠가 수없이 불러본 노래다. 꿈을 꾸듯 시선을 한 곳에 모은 채 귀를 기울이던 스승의 얼굴에는 이루 형언할 수 없는 기쁨의 물결이 일렁이기 시작한다. 이윽고 눈자위가 붉어지면서 손수건을 꺼내 눈물을 닦는다. 그리곤 다시 제창에 귀를 모은다.

　그 노래는 〈반가〉였다. 30년 전에 그가 작곡한 학급 노래다. 십대의 앳된 목소리들이 부르던 노래를 오늘은 장년의 중후한 음성들이 부른다. 그날의 제자들이다. 긴 시공을 훌쩍 넘은 오늘, 사제지간 감격스런 해후를 위하여 '반가 제창'으로

막을 올리고 있다. 학생들이 노랫말을 짓고 선생님이 곡을 붙인 특별한 의미를 담은 반가였으므로.

노스승의 눈물을 자아내기에 충분하다. 노래하는 제자들의 얼굴도 상기되어 눈빛이 촉촉하게 젖어든다. 노래는 주제를 바꾸어 이어진다. 〈아! 목동아〉 〈월계꽃〉 그리고 〈들국화〉… 명가곡이나 스승의 자작곡들을 마치 녹음기에서 흐르는 듯 메들리로 부르고 있다.

얼마나 멋진 환영사인가. 얼마나 향기로운 만남인가. 옆에서 지켜보는 나 역시 가슴이 뭉클해지고 만다. 혈기왕성했던 총각 선생님이 이마가 환한 노신사가 되고, 사춘기 소년 소녀들이 중년의 듬직한 모습으로 변신할 만큼 기나긴 공백 뒤의 만남이었으므로.

대학을 갓 졸업하고 도서 지역 학교로 발령을 받았다. 그때 맺은 사제의 인연을 그리움이란 끈으로 다시 이은 제자들이 있어 오늘 노스승의 마음은 더할 나위 없이 행복하다. 까마득히 잊고 지냈던 묵은 영상을 엊그제 일처럼 30년 여백에 꽉 채우던 날이다.

전 학생을 합창단으로 편성하여 땅거미가 질 때까지 맹연습하던 일이며, 어설픈 단복이나마 차려 입고 경연대회 참가를 위해 장학선을 타던 추억담. 기억의 나래는 끝없이 펼쳐지고 누군가 선창하면 뒤따라 부르며 하모니를 연출한다.

지금도 유일하게 반창회를 유지하고 있다는 그들. 모임 때마다 옛 스승에게서 배운 노래와 〈반가〉를 함께 부르며 우정을 다져 오다가 그리움 모아져서 오늘의 만남을 서두르게 되었다고.

삶의 뿌리를 고향에 내리고 살아오는 제자들. 바르고 착한 생활인의 모습을 한눈에 알아볼 수 있어 대견하고 고맙기만 하다. '선생님의 남다른 감성교육 덕분'이라고, '사제동행을 실천한 교육의 효과'라고, 스승에게 공을 돌리는 제자들이다. 그 이상의 기쁨이 또 있을까. 자신의 가르침을 받은 제자들이 올곧은 사회인으로 자리매김하고 있는 모습을 보는 것만으로도 가슴 뿌듯한 일이거늘. 밤이 새도록 그들 사제는 정담과 노래로써 *끈끈한* 정을 다시 잇고 있다.

애틋한 만남이 있었기에 모처럼 젊음 속으로 되돌아갔던 스승은 이제 이별이 준비된 만찬상 앞에 앉아 있다. 1박 2일 동안 개인의 일상을 접어 두고 스승과의 만남에 동참했던 제자들의 얼굴에도, 설레는 마음으로 단숨에 달려온 스승의 얼굴에도 헤어짐의 아쉬움이 역력하게 담겨 있다.

식사를 마친 제자들은 다 같이 스승 앞에 엎드려 큰절로써 작별의 예를 올린다. 그리고 첫 만남에서 불렀던 '반가'를 다시 힘차게 부르기 시작한다.

'명랑하고 해맑은 얼굴 육십 명 우리 기백 청룡꿈 길이 살리리.'

눈시울을 적셔주는 노래에 다시금 분위기가 숙연해진다.

나는 그날 노스승의 아내로 초대받아 가서 가슴 뿌듯한 감동에 젖었다.

이제는 '군사부일체(君師父一體)'니 '사랑의 매'니 하는 단어는 영원히 옛말 사전 속으로 사라진 지 오래다. 다만 교사란, 지식을 파는 상업적 명칭에 가까운 직업으로 존재하는 건 아닌지. 아마도 오늘 같은 사제지간 만남의 모습은 이 시대의 마지막 그림으로 남을지 모르겠다.

'참을 인(忍)' 자(字)

　하루 나들이 길. 행선지는 서울 고속터미널이다. 대전에 사는 막내딸이 볼 일로 상경하는 김에 언니와 잠간 만난다는 전갈. 불현듯 동참 제의하니 환영이란다. 중년을 맞으며 갈수록 짬이 나지 않는 딸들. 직업에 매진하랴, 가정 꾸리랴, 점점 만나기가 어려워져 아쉽던 참이다.

　첫 차에 오른다. 부족한 잠을 보충하느라 눈 좀 붙이고는 차내 TV에 시선을 둔다. 아침 댓바람부터 어수선한 뉴스들이다. 층간 소음 시비 끝에 가스 폭발 화재를 낸 아파트 방화 소식, 성폭행한 여인을 살해하여 차에, 불까지 지르고 달아났던 범인이 결국 검거되었다는 뉴스. 취재기자조차 격앙된 음성이다. 과연 이웃 간의 소음이 유서를 남기면서 결행할 만큼

분하고 원통한 일이었을까. 앰한 사람 죽이고도 자신은 잘못한 게 없다며 꼿꼿하게 고개 쳐든 폭행범의 얼굴에서 야멸찬 전율마저 느낀다. 조금만 참았더라면 서로 한 걸음씩만 물러나서 생각했다면, 애초부터 최악의 비극만은 막았을 시답잖은 원인들이다. 기막힐 사건들이 속절없이 야기되고 있는 요즘의 사회면 뉴스에 골머리가 지끈해진다.

'참을 인(忍) 세 번이면 살인도 면한다.' 어머니에게 자주 듣던 말이다. '서로 서로 어울려 살아야지 독불장군으로 살지 마라.' 이 말도 평소 가르침 속에 늘 있던 말이다. 두 가지 교훈의 뜻은 다르지만 결국 되도록 인내하며 살라는 의미에서 상통할 수 있는 훈육이었다. 연령대를 망라하여 사람들의 존경과 믿음을 받으며 살다 간 어머니. 남을 위한 배려와 지긋한 인내심 끝에 얻은 열매가 아니고 무엇이랴.

이런저런 상념에 잠겨 있을 동안 버스는 종점에 다다른다. 어슷비슷한 시각에 만난 세 모녀가 팔짱끼고서 예약해둔 식당으로 간다. 하루가 멀다시피 전화가 오고가도 끝이 없는 화제들이건만 다시 이야기꽃 피우며 오순도순 밥을 먹는다. 후식에서 차까지 한 자리 풀코스여서 느긋하게 얼굴 마주하고 정겨운 시간이 흐른다.

자식들 양육하며 부딪치는 문제들과 살아가면서 생기는 여러 가지 일들. 원만한 해결책으로는 일단 인내가 필요하다는 결론이다. 정서가 메말라 가는 삶의 현장에서 그나마 평화롭게 살아갈 묘책이 아닐까 싶다.

하루 나들이 하행선 길. '참을 인(忍)' 자(字)를 마음에 새겨 둔다.

김치 담그던 날

김치를 담그고 있다. 작은딸 네가 김치 냉장고를 들였다기에 김치 담가서 보내려고 어제 도매시장에 다녀왔다. 알배기 고랭지 통배추와 얼갈이배추, 총각무, 열무와 파김치용 단파들이다. 김칫거리를 다듬고 소금에 간하는 일만으로도 오월 하루가 모자랄 지경이다. 시장이나 마트에 가면 갖가지 김치들이 먹음직스럽게 진열되어 있지만, 값도 값이려니와 엄마 손맛들인 김치를 선호하리라는 믿음으로 시작한 일이다.

어렵사리 살아 온 우리 시대에 비할 바는 아니지만 주부로서 살림 장만한 딸의 전화 목소리에 즐거움이 배어있다. 자주 고장이 나던 냉장고를 교체하면서 내친김에 김치 냉장고까지 구입하게 되었다니 덤이라도 얻은 양 신이 나는가보다.

그러면서 딸은 아래층 집에서 듣고 온 이야기를 너스레 삼아서 들려준다. 이삼 년 전부터 벼르다가 바꾸는 싱크대공사인 걸 잘 아는 터라 구경도 할 겸 격려 차원에서 들렀다고 한다. 그 주부 역시 흡족해 하기에 축하한다고 덕담을 건넸더니, 뒷마무리에 열중하던 용역 아줌마가 "이런 집에 일하러 오면 보람을 느껴요" 하고 끼어들면서 얼마 전에 겪은 일을 들려주더라는 것.

서울 어느 호화 아파트에 몇천만 원짜리 주방공사용역으로 갔는데, 공사 끝낸 지 사흘 만에 다시 불러들이더라고 한다. 설치하고 보니 맘에 안 찬다며 철거하고 더 고가품으로 해달라는 주문이더라는 것이다. 자기야 또 일거리 생겼으니 일당 더 벌면 그만인데 왠지 울분이 차올라 엊그제 꼼꼼히 붙여놓은 대리석 벽을 향하여 화풀이 삼아 망치질을 해댔노라고.

"엄마! 너무나 한심한 일이죠?"

어디 그런 일뿐이랴. 열심히 사는 사람들의 기운을 빼는 일이.

이런저런 상념에 잠기면서 김치 담그기도 다해가고 있다. 매번 느끼는 일이지만 김치 담는 일이야말로 정성을 기울인 만큼 맛으로 나타난다. 알맞게 간을 쳐서 때맞추어 씻어 건지고 잘 삭힌 젓국에다 양념 배합하는 일까지 공을 기울여야만 최고의 맛을 얻을 수 있다.

더욱 중요한 것은 얼마나 어떻게 숙성시키느냐에 따라서 김치 맛이 달라진다는 것이다. 땅 속에 묻어 둔 독안에서 겨울을 나는 김장 김치가 최고의 맛이 아니던가. 혀끝에 감칠맛이 느껴지는 김치야 말로 하루 이틀 만에 얻는 게 아니다. 김치 냉장고는 재래식 김칫독을 대신하는 과학적 저장고이니 이제부터 맛있는 김치로 거듭나리라 기대하면서 마무리를 서둔다.

김장용 봉지에 종류별로 단단히 여민 김치들을 스티로폼 상자에 차곡차곡 담으면서 흐뭇해지는 마음. 사위가 즐겨 먹는 얼갈이 물김치와 파김치가 봄철 입맛을 북돋아주기를. 배추 김치와 총각김치들이 김치 냉장고에서 알맞게 익어 딸네 식탁에 맛깔스런 반찬으로 오르길 바란다.

'아이스 팩'을 덮개로 얹고 손자들 주전부리까지 곁들인 후 야물게 포장을 해둔다. 느긋한 기분으로 택배회사에 전화를 건다.

바다지킴이의 가족

　한낮의 햇살이 푸른 물결 위에서 빛나고 있다. 드넓은 바다를 향하여 뱃머리를 돌리는 여객선의 뱃전에 물거품이 일기 시작한다. 여수항 부둣가 방파제 위에서 우리 부부는 거문도행 쾌속선을 배웅하고 있다. 뱃길 전송만큼 애잔한 이별도 없나 보다. 떠나가는 배를 바라보며 서운한 맘을 애써 달랜다.

　"이 다음에 꼭 오셔야 해요."

　울먹이던 막내둥이 손자가 전화를 걸고는 그예 울음보를 터뜨리고 만다. 막무가내로 같이 가자고 떼를 쓰더니 달래려고 사준 축구공도 과자도 소용없나 보다. 유난히 따르는 외할아버지한테 수습을 미룬 나는 흐릿해진 시선으로 '오가고' 호를 향하여 손을 흔든다. 외할아버지는,

"쉬 한 번 갈 터이니 울지 마라."
고 달래며 안타까워 어쩔 줄 모르는 표정이다. 배는 아랑곳
않은 채 서서히 선착장에서 멀어져가고 있다.

　섬 생활 중에 제일 열악한 것이 병원시설이라 한다. 어제
딸과 통화해 보니 안과진료 받으러 여수로 가고 있다는 것이
다. 막내가 각막이상증세라는 보건의(保健醫) 소견에 마음이
급해진 모양이다. 유일한 교통수단인 배편으로 당일 귀가는
불가능하기에 큰애까지 학교 수업 조퇴시켜서 배를 탔다고 한
다. 손자의 눈병도 걱정이려니와 젊은 딸이 어린 두 아들 데리
고 숙박 시설에 묵어갈 일이 염려되어, 어제 부랴부랴 여수로
달려갔던 참이다.
　해군 지휘관인 사위는 현재 최남단 해역의 수호 임무를 띠
고 순항 중이다. 정해진 시간이 여의치 않은 군인 가족이기에,
섬에 가면 함께 할 여유 얻으리라 기대하며 지난여름에 다 같
이 이사를 갔던 막내딸네. 반년도 채 안 되어서 남편이 더 먼
바다의 지킴이가 된 후, 두 아들과 덩그러니 섬에 남겨지고
말았다.
　'연평도사건'이 나고부터이다. 온 나라가 경악하고 전 세계
를 들썩였던 북한의 만행에 대응하기 위하여 우리 국군도 근

무 태세 강화가 불가피했을 것이다. 그들의 무차별 도발이 점차 강도 높게 자행될 때마다 가족들은 그 누구보다도 간담이 서늘해진다.

'천안함사건'은 더욱이 견디기 힘든 아픔이었다. 젊디젊은 주검들이 두 동강난 군함으로부터 인양되는 광경을 TV에서 볼 때마다 오열하는 그들 가족과 한마음되어 하염없이 울고 또 울었다. 우선은 내 가족이 그 배에 타지 않았음에 안도의 가슴을 쓸어 내렸으나 언제 닥칠지 모를 위험 앞에 불안감이란 이루 말할 수 없다.

큰 외손자가 올해 열한 살이다, 그 애 나이일 때 나는 '한국전쟁'을 겪었다. '1950년 6월 25일' 어른들의 예사롭지 않은 수런거림이 일요일의 곤한 아침잠을 깨웠다. 어수선한 하루를 보내고 다음 날 학교에 가기 위해 책가방을 메려는데 어머니가 말렸다. 학교 다닐 수 없게 되었다고, 전쟁이 일어났다고, 나직하고 무거운 목소리로 일러주었다.

미처 피난 갈 엄두도 못낸 서울시민들은, 시도 때도 없는 공습경보와 식량난으로 고난스런 여름 한철을 보냈다. 쌀 몇 됫박과 바꾸기 위하여 농 속 깊숙이 숨어있던 어머니의 금붙이나 비단 옷감들이 팔려나갔다. 오빠는 인민군에 끌려갈까봐 숨어 지내고 아버지는 부역에 동원되어야만 했다.

석 달 후 '9·28수복일' 대포 소리가 점점 가까워지더니 우리 집에도 포탄이 떨어졌다. 혼비백산하여 방공호에 몸을 숨기자마자 집은 불타버렸다. 유엔군의 서울탈환은 오래 가지 못했다. 중공군의 인해 전술에 떠밀려 또 다시 난리 속에 휘몰리게 된 것이다. 불과 두 달 만에 정부는 수도를 버리고 말았다. 그것이 '1·4 후퇴'였다. 우리 가족도 오빠를 군에 입대시킨 후 무작정 떠나야 했다. 폐허가 되어버린 서울은 무섭고 막막했기 때문이다. 끊어진 한강철교 아래 빙판 위를 이산가족 될세라 손 꼭 잡고 피난 대열에 끼어들었다.

밀고 밀리던 동족끼리의 힘겨루기는 결국 1953년 7월 27일 '휴전협정'으로 중단되었다. 전쟁 발발 삼 년 만에 군사분계선이 그어진 것이다. 크고 작은 분란은 지금까지도 끊임없이 이어지고 있다.

근래에 들어 부쩍 잦은 북한의 거세고도 수상한 낌새는 내 어릴 적 상흔을 헤집어 도지게 한다. 열한 살과 일곱 살짜리 손자가 할머니처럼 혹독한 전쟁을 치러야 한다는 건 끔찍한 일이다.

제 나이 먹듯이 전학을 다니는 두 아이는, 그 곳 근무 때라야 만나보는 아빠를 기다리며 그리움을 키운다. 오랜만에 집에 온 아빠를 본 순간 그 품에 안겨 말없이 흐느끼더라는 제어미 말 전해 듣고 눈시울을 적셨다.

전교생이 몇 명뿐인 낙도 분교에서 복식수업을 받고, 축구를 하거나 자전거를 타는 일이 소일거리다. 물때 좋은 날이면 아빠 배가 정박해 있던 바지선에서 낚싯줄을 드리우거나 바다를 향하여 물수제비를 뜨며 하루해를 보낸다. 그러다가도 국기 하강식을 알리는 애국가가 울리면 벌떡 일어나서 태극기를 향하여 경례를 한다는 두 손자아이. 군인의 아들답게 자못 경건한 그 모습이 귀여워 집에서 내려다보는 제 엄마는 절로 미소를 짓는다고.

가벼운 눈병이라는 진료결과에 우선 마음이 놓인다. 예상치 못한 일이었지만 딸과 외손자를 만나 기쁨을 누려본 1박 2일이었다.

지금 여객선은 수평선 저 멀리로 가물가물 떠가고 있다. 울음그친 손자의 맑은 목소리를 전화로 확인하고는 비로소 방파제를 뜬다. 다시 한 번 망망대해를 응시하며 간절한 마음으로 염원한다.

이젠 세계유일의 분단국에서 벗어나기를.

동족상잔의 비극이 어서어서 끝나기를.

제발 평화 통일이 이루어지기를.

학(鶴)의 해후

학의 무리가 모였다. 학이 깃드는 '서학골'로 날아갔던 학들이 옛 보금자리 찾아와 깃을 접은 것이다.

알곡이 여무는 가을에 날아 왔다가 따뜻한 겨울을 보내고 이듬해 춘삼월에 다시 떠나가는 철새 학. 유난히 긴 다리에 가녀린 목과 부리는 흑백의 순결한 깃털에 어울리게 고고한 외양을 지닌 새다. 게다가 인간에게 전혀 해를 끼치지 않는 익조여서 천연기념물로 보호되고 있다.

모교에서 학처럼 비상을 꿈꾸던 시절이 그립다. 밤새워 편집하던 교지 ≪鶴≫의 표지에는 매호마다 학의 그림이 상징되었다. 그럴 적마다 나는 학을 닮고 싶었다.

교문을 떠나간 지 30년 만에 그 자리에 다시 와서 큰 숨으로 벅찬 마음을 다독인다. 갓 꿰맨 햇솜 이불처럼 포근하여 폭 안기고도 싶다. 비록 꿈꾸었던 푸른 날갯짓을 맘껏 펼쳐 보이지 못한 미운 오리 새끼로 돌아왔을지라도, 둥지는 안온하고 너그럽게 품어 줄 듯싶다.

오늘을 기다리며 여행 가방을 꾸렸다 풀었다 하는 나를 보며 그렇게도 좋으냐는 남편 물음에 속으로만 답한다. 결혼식 전날에 버금가는 떨림이라고.

학교 안으로부터 내 이름을 부르며 걸어 나오는 남자가 너무도 낯설다. 앨범을 보며 열심히 익혀 두었던 얼굴하고는 판이하다. 단정하게 눌러쓴 교모는 어쩐다고 하더라도 가르맛길 툭 트이고 풍채 좋은 장년의 신사라니. 바로 동창회장이란다. "아니 이럴 수가!" 교정의 무성한 히말라야시다는 예와 다름없거늘 30년 세월의 여백에 사람의 모습은 변한다는 걸 지레 잊고 있었다. 하기야 자기 자신부터 가늠해보지 않은 우를 범한 순간이긴 하다.

나처럼 오랜 공백 뒤에 참가한 친구들은 서로 바라만 보다가 알아보는 순간 환성을 지르며 손을 맞잡는다. 생경스러운 대면이면서도 조금은 옛 모습이 살아 있음에 안도한다. 이산가족 만남의 장 같은 감격과 소요가 잠시 일고 있다.

모교를 돌아보니 교정의 오랜 수목 말고는 모두 낯설게 바

꿰어 있다. 긴 전통만큼 고색이 짙던 우리들의 교실 본관은
간 곳 없고 낯선 건물이 들어 서 있다. 목련의 향내를 실어다
주던 뜰 옆 창문은 이제 꿈속에서나 그릴 그리운 고향인가.
문득 그때 부르며 향수에 젖곤 하던 드보르작의 ≪신세계 교
향곡≫ 중 〈꿈속의 고향〉을 흥얼거려 본다. 친구들도 그리운
듯 같이 부른다.

긴 골마루에 2열 횡대로 늘어서서 아침저녁마다 사감선생님
께 거수경례로 점호받던 기숙사도 사라지고, 그 자리엔 아담한
2층 건물이 들어 서 있다. 음악당이라는 말 듣기도 전에 다양한
악기들이 토해내는 연습곡 음들이 내 마음인 양 비화성의 혼돈
을 자아내고 있다. 새벽마다 눈 비비며 피아노 연습하러 찾아
갔던 연못 옆 음악실은 흔적도 없으니, 아! 세월이여.

오직 한 곳 강당만이 옛 그대로다. 본관과 특별실을 잇는
낡은 발판들이 눈에 익은 비가림 지붕 아래 늘어서서 반기는
듯하다. 여기저기 때움질을 한 남루한 골마루를 디디며 울컥
감격이 차오른다. 반 친구들이 창작 안무 실기시험에 대비해
혼을 불사를 동안 그랜드 피아노 앞에 앉아 반주를 하던, 졸업
무렵의 내 모습을 그려보며 강당에 들어선다.

높다란 무대에 한 사람씩 올라가서 졸업증서와 교원 자격증
을 수여 받던 엄숙하고 상기된 얼굴들. 페스탈로치의 숭고한

정신을 익히려고 애쓰던 순수의 배움터에서 칸트와 니체의 철학을 이해하기 위해 귀 기울이고, 특강이 있으면 찾아가서 난해한 의문을 풀어 보려 샘솟는 젊음을 불살랐다. 졸업하자마자 교단에 서야 했으므로 또래들보다는 좀 더 성숙한 사고와 현실적인 자아에 길들여져 있었다는 생각이 든다. 국내 저명한 철학자들이 강의하러 왔다가, 살아있는 눈망울의 새내기들 수강태도에 신이 나서 절로 열강이 되더라는 후문을 선생님께 들었다.

오늘 30년 만의 모교 방문은 정녕 감개무량이다. 흘러버린 시간을 증명하듯 이미 유명을 달리한 스승님과 동기들도 많다. 마음으로 명복을 빈다.

교명도 바뀐 지 오래지만 젊고 패기만만하던 S선생님이 현재 학장으로 재임하고 계셔서 무척 다행스럽다. 이제는 노안이 되신 은사님들을 모시고 30년 회포를 푼다. 내 문학의 길잡이가 되어주신 L선생님께 등단지를 드리며 인사드리니 반색을 하신다.

타향살이 탓에 처음 참석하여 빈 세월만큼 쑥스러웠지만 금세 말을 트고 추억을 반추하니 새록새록 우정이 샘솟는다. 항로를 바꾸거나 더 높이 비상한 친구들, 타국에서 살거나 커플이 된 친구들도 있다. 대개는 교직을 천직 삼아 지긋하게 경륜

쌓아서 교육계의 중진들이 되어 있다. 앞으로 이끌어 갈 교육의 견인차들로 보여 미덥다. 풋풋한 젊음을 알차게 보낸 듬직한 동력으로 필시 사회와 자신의 삶을 잘 이끌 터이다. 학창시절의 중시조답게.

학(鶴)들이 그리워 철새처럼 날아와서는, 잠시 깃을 접고 지지배배 옛이야기 나누고 있다.

고구마 사랑

　청자 빛 도자기 컵을 두 개 샀다. 밑동으로부터 주둥이까지 점차 벌어지면서 몸체의 춤이 길어 쓰고자하는 모양새와 얼추 엇비슷하였다. 한 개의 손잡이는 가느스레 여려 보이지만 모란꽃 문양으로 곁을 채운 품이 그럴싸하여 마음에 든다. 망설임 없이 냉큼 구매하면서도 마음이 가뿐하다. 진즉부터 고구마 수경 재배할 그릇이 마뜩찮아 가게를 기웃거린 터라 숙제라도 푼 기분이다.

　고구마를 상자떼기로 사 먹다보면 양 끄트머리에 싹이 돋고 실뿌리가 나기 일쑤다. 싹튼 것을 추려서 물에 담가 뿌리와 잎줄기의 자람을 가까이 보며 소일거리로 삼은 지 오래다. 빈 오지그릇에 담아 놓으면 투박스런 수수함이 눈길을 부르고,

실내 공간 집기들 사이에 오종종한 푸름을 연출해서 잔재미를 준다. 눈으로 즐겨보는 관상용 소품이라고나 할까. 헌데 요즘은, 별짜로 길고 가느다란 고구마가 흔해서 여태까지 쓰던 용기로는 충분히 물에 잠기지 않는지라 본 김에 반색하며 구입한 참이다.

보금자리를 바꾼 고구마는 넉넉한 물에 몸을 풍덩 담그고선 왕성하게 실뿌리를 내리고 줄기와 잎을 쑥쑥 밀어 올리기 시작한다. 창가에 놓아두고 향일성 성향 따라 해바라기하며 풋풋하게 뻗어가는 양을 바라본다. 촌티 물씬한 취미가 무에 그리 대단한가 싶겠지만, 내 딴에는 재미가 쏠쏠하니 제 눈에 안경인가 싶다. 흙에 심은 아이비 넝쿨과는 뭔가 색다른 느낌이 든다. 말미에는 몸이 쭈글쭈글 껍질만 남을 때까지 소임을 다하는 덩이뿌리의 생태. 눈으로 지켜보면서 가슴이 뭉클해질 때가 있다. 마치 자식에게 아낌없이 주고 난 젖어미의 가슴을 본 감성이랄까.

재래시장에 들렀다가 할머니의 좌판 앞 함지에 담긴 고구마줄기에 눈이 간다. '어느 새 햇것이 나왔네!' 중얼거리며 두어 움큼 사서 장바구니에 넣는다. 여름에 즐겨먹는 '고구마줄기김치'를 담으련다. 대개 생으로 들 담아 먹지만 삶아서 김치 양념에 버무리므로 굳이 김치라 분류하고 있다. 가열함으로

서 특유의 풋내를 가시게 하여 담백한 맛을 즐긴다. 꼼꼼스레 껍질을 벗기느라 잔손이야 가지만 정성들인 만큼 짭조름하게 간이 배어 한 맛 더하는 우리 집만의 여름 김치다. 갓 결혼하고 온 나라에 가뭄이 들었던 해, 귀한 무 배추 대용이던 김치를 아직껏 여름이면 별미 반찬 삼아 상에 올린다.

연탄난로 피운 거실에는 군고구마 냄새가 군침을 돋우었다. 삭아서 못쓰게 된 들통에 자갈을 깔고 고구마 여남은 개씩 넣어두면 시나브로 말랑말랑 구워지던 겨울날의 추억들. 짧은 겨울 해라 김장 김치 곁들여 먹으면 방학 동안 점심 한 끼니가 되기도 하고, 노는 난롯불에 얹어 놓으면 되니까 품 안 드는 주전부리로 군고구마가 으뜸이던 시절이 있었다.

생고구마를 납작납작 삐져서 고구마 빼떼기로 갈무리하는 모습도 흔히 보던 풍경이다. 강낭콩과 함께 푹 고아 먹는 '빼떼기 죽'은 경상도의 향토 별미음식으로 아직껏 맥을 이어오고 있다.

현대는 자색고구마니 호박고구마니 색깔별로 효능도 가지가지, 개량된 품종 따라 다양하게 생산되는 세상이다. 건강먹거리라고 손꼽힐 만큼 위상도 높아져서 부러 하루 한 끼 정도는 밥보다 고구마를 먹으며 다이어트나 건강 증진에 애쓰는 사람들에게 기여도가 높다.

고구마를 즐겨 먹는 남편은 이즘 고구마 찌기에 이력이 났다. 출출할 때면 슬며시 주방으로 가서 압력솥에 쪄낸 고구마를 큰 접시에 담아 들고 나온다. 일손을 덜어주니 반갑고 대접받는 기분이어서 유쾌하다.

명절 제수음식 차비할 때 자녀나 손자들이 즐겨 먹는 고구마 부침개를 자주 지진다. 탕수육이나 찜 요리에도 고구마전분을 쓰면 채소와 양념장이 잘 어우러져서 쫄깃하고 걸쭉한 맛을 더해 준다. 얼갈이배추나 열무로 물김치를 담글 때도 고구마가루를 첨가하여 죽을 쑤어서 김칫국을 만든다. 뿌리에서 줄기, 잎까지 버릴 것 하나 없는 작물이면서 몸에 유익하기까지 하니 고구마 수요도 더욱 늘어갈 모양이다.

'고구마 라떼' 한 잔을 만든다. 삶은 고구마와 꿀과 우유를 머금은 믹서기가 자지러지더니 뽀얗고 걸쭉한 액상의 고구마차로 변신한다. 잔에 가득 부어 들고 창가에 앉아 한갓지게 호로록 마시는 여유를 즐긴다.

푸르스름한 도자기 컵을 에워싸듯 동그랗게 곡선을 그리는 고구마의 갈색 줄기에 새 이파리가 그새 몇 잎 늘었다. 짬짬이, 볼거리 요깃거리로 곁두리 삼는 고구마 덕에 심심파적 무료함을 잊는다.

명절 풍속도

"귀향하신 여러분을 따뜻하게 맞이합니다."

마을 어귀에 현수막이 펄럭인다. 설날 귀성 행렬이 밀물처럼 밀려왔다가 썰물처럼 떠나 가버린 후에도 한동안은 흔적으로 남겨질 깃발이다. 귀향을 반긴다는 글귀가 나붙을 무렵 농촌의 노부모들은 설맞이 준비를 시작한다. 떡방앗간에서는 신새벽부터 하얀 김을 연신 올리며 가래떡을 뽑아내고, 줄지어 놓인 함지를 사이에 두고 주고받는 말소리가 기계 소음에 섞여 떠들썩한 풍경을 자아낸다.

농촌의 어머니는 자신의 손끝으로 이루면서 살아왔기에 떡가래도 손수 썰어서 장만하는 집도 있다. 조상님 앞에 떡국차례 지내려면 정성이 부족하다 여기거나 아무려면 손맛에 비하랴 싶은 옹고집 탓이기도 하다.

긴 밤이 이슥토록 가래떡 써는 시어머니와 타국 멀리 시집 온 며느리는 앉은 자리에서 몇 번씩 고쳐 앉기를 해야만 한다. 구부정한 허리가 아파 뒤척이는 어머니와 서툰 칼질에 진력이 나서 안절부절 못하는 며느리. 힘겨운 시골 생활 외면하고 떠난 빈자리에 외모도, 언어도, 풍속도 다른 이국 여인이 앉아서 손가락 부르터가며 흉내나마 내고 있다.

섣달 그믐날은 마을에 생기가 감돌고 집집마다 인기척으로 대문이 부산해진다. 바쁘게 사느라 고향 발길 어려웠던 아들네도 부모 형제와 친구들 만나러 귀향을 서두른다. 아들들은 짐 풀기가 바쁘게 술자리에 나가 회포 풀다가 거나하게 취해서 들어온다.

반면 며느리들은 시댁에 도착하자마자 앞치마 두르고 부엌에 들어선다. 제수 장만과 세배하러 올 일가친척, 가족들 먹을 음식 장만하려면 일거리가 태산이다. 떡방앗간에서 쪄온 찰떡을 반대기에 펴놓고, 콩고물에 비벼 쑥인절미를 만든다. 전을 부치고 탕국 끓이고 나물을 무치다 보면 훌쩍 가버리는 긴 겨울 밤.

초하루 먼동이 트자마자 시어머니 따라 일어나 바쁘게 동동거린 후에야 차례 지내기와 새아침 떡국 잔치가 치러진다. 세배객 맞으랴 세배하러 가랴 또 한바탕 소란스러움이 반나절

넘도록 지속되어야만 한다. 어른 댁에 세배하러 가면서 떡국을 끓여가는 풍습을 지키는 집도, 드물지만 아직은 있다. 가는 동안 풀죽 되어 버리는 것을 서로가 반가울리 없으니 이제는 없애야 하는 공경 예절의 폐습인 성싶다.

대도시에서는 맞춤 제사 음식으로 간편하게 제사를 치르는 가정이 늘어가는 추세다. 시간과 경비를 아껴 연휴 기간에 여행을 떠나는 가족도 수효가 많아진다. 국내나 외국으로 여행을 떠나는 행렬이 공항에 줄을 선다.

죽도록 일하고 교통 대란에 시달리며 시댁에 다녀오는 며느리들에게는 환상적인 부러움일 터이다. 게다가 하물며 고부 갈등을 겪었거나 동서 간에 부당한 대우를 받았을 때는 설왕설래 시비로 이혼 소송에 이르고 만다. 갑자기 소송 건수가 늘어나는 요즈음 사태가 말해주고 있다. 이래서 '명절증후군'이란 말이 생겼음이다.

아직 농촌에는 장가 못간 노총각이 많은 편이고, 시집오는 다수의 며느리가 외국인인 실정이다. 도시와 농촌의 격차를 줄이기에 좀 더 연구해야 할 시점이다. 아름다운 풍습은 이어가고 허례허식은 줄이는 지혜가 필요하다.

해가 갈수록 바람직한 명절 풍속도가 그려지기를 기대해 본다.

폐백음식을 만들며

전통찻집에 앉아 남강을 굽어본다. 하오의 햇살이 잔잔한 수면 위에 안온함을 더해준다. 조금 전에 성벽너머로 넘어다보던 푸른 강물의 깊고 그윽한 모습과는 다른 느낌으로 다가오는 강물. 은근하게 우러난 차 맛을 음미하며 해마다 열리고 있는 강변의 축제에 대하여 들려준다. 사월초파일 연등절의 재현을 연상케 하는 유등놀이를 시작으로 펼쳐지는 '개천예술제' 이야기. 수면에 닿을 듯 말 듯 출렁이는 가교로 남강을 건너보는 색다른 경험들. 인파에 떠밀려 다니다가 강가 난전에 오순도순 둘러앉아 웃음꽃 피우며 한 폭 풍속도를 연출하는 곳이 바로 남강이다.　본문 중에서

폐백음식을 만들며

　깊어가는 겨울 밤 홀로 깨어 폐백음식을 장만하고 있다. 내일 모레로 다가온 친구의 딸 혼사에 쓸 예단음식이다. 구태여 모두가 잠든 적막한 시간을 택한 것은 좀 더 차분한 마음으로 정성을 기울이고 싶은 나름의 생각에서다.

　첫 일손은 때깔 곱고 모양새 고른 붉은 대추를 굵은 무명실에 꿰는 일이다. 함지에 담아 놓은 실팍지고 윤나는 알밤들을 에워싸듯이 가장자리부터 빙 둘러가며 실에 꿴 대추로 울타리를 엮는다. 꼭지를 뗀 자리에 잣을 끼우니 대추와 잣의 홍백 대비가 돋보인다. 원삼 족두리에 곱게 치장한 신부가 시어른께 큰절 올릴 때 꼭 있어야 할 음식이다. 자손 번창을 당부하며 새 며느리 다홍치마 자락에 던져질 귀한 과실이기에 흠 없는 것으로 공들여서 담아낸다.

곶감은 손끝으로 살살 매만져서 씨를 뺀 연후에 칼금을 넣는다. 위아래로 엇바꿔가며 접으면 하얗게 핀 분 사이로 곶감의 속살이 드러날 듯 말 듯 국화꽃잎 모양이 된다. 건포도와 잣으로 꽃술을 박고 이파리 모양을 곁들여서 구절판 한 칸을 꾸민다.

이번에는 마른오징어를 오릴 차례. 가장 공이 많이 드는 오징어 오리기는 일찍 시작하면 손놀림이 어궁하고 뒤처지면 지치기 십상이어서 일부러 순발력이 붙을 때쯤 해낼 요량으로 정해둔 순서이다. 겉이 반반하고 알맞게 건조된 오징어를 날렵하게 오려서 여러 문양을 낸다. 어줍게나마 이 일을 흉내라도 내는 것은 순전히 어머니 어깨너머로 눈동냥해 둔 것이 전부이다. 어릴 적에 어머니는 집안이나 이웃의 혼례 때마다 밤잠 설치시며 오징어 오리는 일에 골몰하였다. 잔칫상에 올릴 술안줏감을 대오리 죽상자에 가득 차도록 미리 마련하곤 하였다. 모든 대소사를 이웃끼리 나누어하던 시절이니 미리부터 온 동네는 잔치 분위기다. 30촉 전등 불빛 아래서 익숙한 손놀림이 반복될 양이면 오징어는 금세 공작새가 되고 꽃이 되고 넝쿨로 태어났다. 거죽이 마를 세라 뒤주 안의 쌀 속에 묻어 둔 오징어가 새로 등장할 때마다 볼거리들이 늘어가곤 했다. 신기하기도 하려니와 오징어 부스러기나 다리 주워 먹는 군것질 재미도 쏠쏠해서 심심파적 어머니 곁을 맴돌았던 기억이 새롭다. 이따금 일손을 멈추시곤 당신이 오린 조형물을 들여다보며 잔잔한 미소 지을 때 한없이 순수하던 어머니 모습이 떠오른다. 내 딸들 시집보낼 때마다 든든하게 돌봐 주시리라 바랐더니, 돌아가시고 나서 혼사를 치르게 되어 구구절절 아쉽고 서운하였다.

율란과 조란을 만들어야겠다. 삶은 밤을 으깨고 대추를 꿀물에 졸인다. 씨를 빼낸 대추 속에 밤소를 넣고, 조미한 밤은 곱게 빚어 잣을 얹는다. 빛깔 곱게 볶아낸 은행도 오색실 곁들여 꽂고 육포랑 어포랑 구색을 맞춘다.

'서당 개 삼 년에 풍월 한다'고 어머니 흉내 어설프게 내면서 어머니처럼 지인들 혼사 거들다 보니 딸들 혼례 때마다 모두들 품 갚으러 와주었다. 지금은 결혼이나 장례의식이나 전문 대행업체에 의해 치러지고 있는 시절이지만 이십여 년 전만 해도 집안 대소사에 품앗이의 의미는 필수요건이었다.

끝머리에 토종닭을 삶아서 모양을 낸다. 주둥이에 대추를 물리고 은행목걸이도 걸어주고 볏에도 치장을 한다. 숱한 손길 거쳐 치레를 마친 폐백닭이 아름답고 음전한 모습으로 변신한다.

밤이 이슥해서야 작업을 마무리하며 한숨 돌린다. 구절판과 함지들을 예단보자기에 정성스레 싸면서 애지중지 키운 딸을 시집보내는 친정어머니의 마음인 양 애틋하고 간절해진다.

오늘 밤에 공들인 폐백음식이 친구네 혼사에 사돈 인연 맺는 자리에서 부디 고운 매듭되기를 기원해본다.

얼굴

　거울을 본다. 부석하고 윤기 없는 얼굴이 마주보고 있다. 잠에서 갓 깨어 세수도 하기 전이라 보기 더 민망한 모습이다. 뚜렷하던 쌍꺼풀은 늘어진 눈두에 밑에 가려지고, 애교살이라던 아래 누낭(漏囊)도 불룩하게 처져 있어 흉한 모습이다. 흐릿해진 눈두에에다 핏발 서린 흰자위가 눈매를 영 망가뜨려 놓았다. 게다가 피부엔 여기저기 잡티가 성성하고 언제 늘었는지 주름살도 수두룩하다. 세월의 더께가 올라앉은 얼굴이 거울 앞에서 한심한 눈길을 보내고 있다. 짧지 않게 살아온 시간의 흔적들이고 삶의 기록임을 어쩔 수 있느냐고 하면서.

　젊음과 아름다움에 대한 소망은 누구에게나 간절하다. 그러기에 얼굴 성형에 대한 관심이 높아지고 성형전문병원도 날로 늘어가고 있다. 요즈음 배우나 탤런트, 가수들의 얼굴은 하나같이 예쁘고 매력이 넘친다. 어떤 이들은 너무 많이 고친 탓에 모습이 확 바뀌어서 얼른 알아보기 어려운 이들도 있다. 쌍꺼풀진 큰 눈에 오뚝하고 맵시 있는 콧마루, 살짝 치켜 올린 입 꼬리에 턱선이 날렵하고 갸름한 얼굴이 현대 미인의 기본형이라고 한다. 같은 성형외과에서 시술 받은 이들을 '의란성 쌍둥이'라는 신조어로 부른다니 비슷한 용모의 연예인들이 많은 것도 그런 탓인 성싶다. 자연적 탄생이 아닌 인위적 재탄생이다. 성형분야에서 세계 수준급으로 인정받은 우리나라에 수술하러 입국하는 외국인들이 줄을 서고 있다. 입국할 때와 출국할 때의 얼굴이 달라지는 바람에 공항직원과의 실랑이가 종종 일어나서 아예 병원 측에서 '성형 확인서'라는 증명서를 발급할 지경이다. 예뻐지고 싶은 게 인간의 본능이니 성형 기술을 빌어서라도 성취하고 싶은 그들의 욕망을 탓할 수는 없는 일이다.

여성 못지않게 남성들의 변신 욕구도 대단해진 요즘이다. 취직을 위하여 혹은 자신감 넘치는 사회생활을 영위하려는 목적으로 성형을 단행한다. 카리스마와 개성이 넘치도록 눈썹 이식으로 숱을 늘리고, 되레 콧수염은 자라지 못하게 억제함으로서 깔끔한 인상으로 바꾸려는 것이 요즘 남성미의 대세다. 콧대를 세우고 피부를 가꾸는 등 멋있는 매력남이 되기 위하여 시간과 돈을 투자하는 남성이 부쩍 늘어가고 있다. 예전에 비해 삶의 질이 좋아진 덕이겠지만 그만큼 경쟁 속에 살아가야 하는 실상이 아니고 무엇이랴.

　몇 해 전에 고희를 맞으면서 "효도성형이 유행이라는데 엄마도 해드릴까요?" 딸애들이 슬쩍 떠보기에 손사래를 친 일이 생각난다. 부모님의 회갑이나 칠순 기념선물 중에 젊어지는 성형이 새롭게 등장했다고 들었다. 짐짓 찬찬이 거울을 들여다본다. 어디를 어떻게 고치면 내가 좀 젊어 보일까하고. 우선 늘어진 눈꺼풀을 제자리에 놓으려면 쌍꺼풀 수술이 필요할 것 같다. 아래 눈처짐도 복원하면서 더불어 주위 피부를 살짝 끌어 올리면 두드러진 팔자 주름이 조금은 옅어지겠지. 볼따구니에 보톡스를 주입하고 레이저로 검버섯을 정리하면 탱탱하고 해맑은 얼굴로 변신하지 않을까. 마치 수술을 집도하는 의사라도 된 듯이 검지로 얼굴을 짚어 가면서 자가진단을 해본다. 어쩜 십여 년쯤 나이를 거슬러 젊어질 것도 같다. 그런데 얼굴이 젊어지면 몸도 마음도 따라서 활기 넘치게 살 수 있을까. 상념은 거기까지다. 아무래도 그냥 세월에 맡겨두고 건강관리나 잘하는 편이 나을 것 같아서다.

　사람들을 만날 때 첫 인상을 주의 깊게 보는 편이다. 예쁘고 잘생긴 외모도 좋지만 서글서글하고 선해 보이는 얼굴에 마음이 더 끌린다. 야무지고 똑똑해 보이는 사람보다 후덕하고 너그러운 느낌의 사람에게 정감이 간다. 처음 대했을 때 기분 좋은 기억은 오래도록 가슴에 남겨지기 때문이다. 억지로 잡아당겨 부자연스런 표정보다는 자연스럽게 나이 들어 잔잔한 미소와 함께 눈가에 주름 몇 가락 지우는 것도 노년에 갖춰야 할 덕목이라는 생각이 든다.

정갈하게 낯을 씻고 다시 거울을 본다. 거기 웃는 내 얼굴이 있다.

가을 오는 소리에

　금빛 들녘을 가로질러 둑길에 들어선다. 실팍하게 알이 배인 벼이삭이 금세라도 흘러내려 버릴 것처럼 실하다.

　야트막한 산등성이에 가르마인 듯 그어 놓은 하얀 오솔길을 향해서 걸어간다. 비껴간 태풍 끝자락에 매달린 먹구름이 먼 산 언저리에 서성이다가 이따금씩 양팔 벌리기로 햇볕을 가리고 나선다.

　산기슭 밤 숲에 이는 소슬한 바람결에 잎새들의 속삭임이 싱그럽다. 어깨가 휘도록 열매를 달고도 힘겨운 줄 모르는 넉넉한 9월이여. 고추잠자리와 앞서거니 뒤서거니 걸어간다. 이름 모를 풀벌레 소리가 소음에 찌든 귀를 씻어 주는 듯 맑아진다.

한가위를 앞둔 휴일 아침, 이웃 영이엄마 따라 그녀가 다니는 암자에 오르는 길이다. 작은 못이 골바람에 잔주름을 접고 길섶 억새가 낯선 길손을 맞이한다. 낡은 대문의 '무언'이란 팻말에 옷깃을 여미고 문안에 든다. 시원한 산수 한 바가지를 받아서 단숨에 마시니 땀이 가시는 듯하다.

　인기척에 놀랐는지 앙증스런 다람쥐 한 쌍이 낡은 토담 위로 줄행랑을 놓더니 나무 위로 쪼르르 기어오른다. 해묵은 상수리나무다. 풋 도토리 한 알이 곤두박질로 굴러내려 발아래 멈춘다. 희한한 보물인 양 겉껍질을 벗겨 내고 호주머니에 간수한다.

　보살의 영접을 받아 안으로 든다. 사범대를 나와 교직과 결혼을 양립하며 열심히 살았으나 파경에 이르러 한창 나이에 세속을 등졌다는 보살. 지성의 고뇌를 거르고 다스리며 초연하다가도 청초한 코스모스마저 시새워져서 송두리째 뽑아버리고픈 혼돈을 겪기도 한다며 진솔하게 속내를 내보인다. 전생의 업이 두터워 벗어나기 힘들다던 그녀의 윤회전생이 무엇일까 짚어 보지만 막연한 일이다.

　점심을 먹고 법당에 따라 나가 본다. 염주를 헤아리며 천수나라니경을 외우는 영이엄마의 몸짓이 여느 때 하고는 달리 보인다. 밝고 활달하던 그녀가 독경에 몰입하는 모습은 사뭇

진지하여 독경소리 또한 청아하다. 어느 믿음에도 몰입해보지 못한 나로서는 한 옆에 비껴 앉아 조용히 묵상이나 청해볼 뿐이다.

세속의 온갖 이기심으로 먼지 낀 마음을 구제 받을 수 있을까, 초라한 마음 밭으로부터 벗어나 비우고자 할수록 실타래처럼 복잡해지는 어리석은 생각을 어찌하랴. 한 번의 다스림으로 빈 독을 가셔내듯 헹굴 수는 없는 일이거늘.

석양 무렵, 동리 어귀에서 영이엄마 안면으로 인정어린 가을을 한 아름 줍는다. 알밤 몇 움큼과 놓아기른 달걀에 시골 인심이 가득하다. 거듭 사양에도 보따리를 인 채 잰걸음으로 앞장서는 촌부의 뒷모습에서 넉넉한 가을만큼이나 너그러운 인심을 읽는다.

때맞추어 지나가는 택시에 동승하는 행운도 얻으니 마음이 활짝 열리는 기분이다. 이런저런 상념에 뒤척이던 간밤의 머릿속 피로를 풍성한 들판에 와서 날려 보낸다.

아름다운 계절 가을 오는 소리에 비로소 마음의 여유를 안고 집으로 돌아간다.

지우고 싶지 않은 냄새

　명절에 다니러 온 둘째딸이 내 옷가지 몇 벌을 챙겨갔다. 옷 입는 취향이 나와 비슷하여 디자인이 너무 젊거나 작아진 옷들을 가져다가 자신의 옷과 코디하여 예쁘게 입곤 한다. 엊그제 딸과 통화 중에 외손자 준이가 제 엄마 입은 옷에 코를 대더니 "아, 외갓집 냄새다." 하더라며 하하 웃는다. 무슨 냄새였을까 궁금해 물었더니 일테면 친정이나 시댁 또는 집집마다에 풍기는 냄새가 조금씩은 다르다고 대답한다. 막내딸도 긍정하는 걸 보면 외손자의 느낌이 엉뚱하지는 않은가보다. 자연에 가까운 향이 함유된 섬유유연제를 주로 쓰는데 혹시 그 냄새는 아니었을까 곰곰이 생각에 잠긴다.

　어릴 적 옛집의 벽장 냄새, 나에겐 아련한 향수를 부르는 달콤한 향내 같은 것이다. 벽장 내음이라면 퀴퀴한 게 일쑤거늘 왠지 내 마음의 벽장에는 고운 향으로 남아 있다. 한국전쟁 긴긴 피난길에 호된 고난 치른 후로 어머니는 식구들에게 넉넉한 밥상과 다양한 간식거리를 마련하였다. 학교에서 돌아오기 바쁘게 벽장문을 열면, 나무궤짝에 가득한 사과와 볏짚에 나란히 싸인 계란꾸러미, 함지에 담긴 홍시들이 계절 따라 푸지게도 들어 있었다. 쇠젓가락으로 날계란의 위아래를 톡톡 두들겨서 쪽 빨면 매끄럽고 구수하던 목구멍의 감촉, 빨갛게 잘 익은 사과를 반으로 쪼개서 껍질째 깨물어 먹었던 홍옥의 상큼함, 심심해서 한 입 떠먹어본 토종꿀의 달달하던 그 맛. 어려운 시절인데도 벽장 안에는 늘 풍성한 먹을거리가 들어 있었다. 절박했던 전쟁후유증이 당시의 어머니를 식생활 지상주의자로 바꿔버린 듯하다. 동생과 가끔씩 옛집 벽장에 대하여 신명나게 이야기하다가 애틋하고 고마운 마음으로 어머니를 그리곤 한다.

우리 가족들이 모이기로 한 날이면 식성에 따라 음식 메뉴부터 미리 짜서 메모해 둔다. 어른들이 즐기는 감칠맛 나는 꽃게무침과 칼칼한 해물찌개나 알탕, 그리고 손자들이 좋아하는 떡갈비와 크로켓, 돼지등갈비 김치찜 등을 주로 상에 올린다. 요리들을 골고루 차려 놓고 제각기 선호하는 음식들의 맛을 음미하며 즐겁게 식사하는 모습을 바라보는 것은 최고의 기쁨이다. 집안 가득한 음식 냄새와 맛있게 먹는 소리가 어우러져 행복한 밥상을 연출하기 때문이다. 순하고 담백한 전통 음식이 특징이던 친정 밥상과 생선회와 매운탕이 자주 올랐던 시댁 식성을 섭렵한 세월 핑계 삼아서 숙련조리사가 되었노라 생색 내봐도 될까.

딸들이 모여 앉으면 어릴 때 먹어본 엄마표 과자 이야기를 종종 화제에 올린다. 아이들을 학교에 보내고 나면 간식 만드는 게 일과 중의 하나였다. 밀가루 우유 설탕 베이킹파우더 등을 배합하고 반죽해서 밀대로 밀어 튀김과자를 만들었다. 캐러멜도 입히고 땅콩가루도 넉넉하게 뿌려 제법 큰 스테인리스 밥통에 한가득 담아 놓고 아이들을 기다렸다. 대문 바깥에서부터 냄새로 알아채고는 즐거워하던 어린 딸들이 결혼해서 그때 그 추억을 더듬는 모습이다. 상투과자나 쿠키들도 번갈아 굽다보니 골목 어귀에서부터 제과점 냄새가 나더라고 했다. 친구들을 데리고 와서 자랑스레 과자 달라던 막내딸이 어느 새 또래 막둥이를 두었다. 자신의 자식과 남편을 위하여 부지런히 오븐에 떡을 굽고 과자를 만들고 선물도 하는 모양이다. 과자가 넘쳐나는 요즘 세상인데도. 딸들은 모전여전 아니냐며 너스레를 떤다.

퓨전 음식이 유행하기 시작하면서 대부분의 젊은이들은 맛과 향이 강한 음식을 선호하고 있다. 국수보다는 파스타를 즐기고 아이들도 햄버거나 피자를 사다주면 더 반색을 한다. 거리에는 이런 음식들로 소문난 음식점들이 즐비하다. 우리 음식이라 해도 청양고추처럼 아주 맵거나 독특하고 진한 양념 소스를 개발한 가게가 호황을 누린다. 어느 때보다 외식문화가 발달하였으니 가족 동반 식사도 집밖에서 하는 것으로 일반화 된 지 오래다.

　가끔씩 할머니가 만든 감자크로켓을 먹고 싶어 한다는 외손자의 외갓집 냄새가 고운 향기로 간직되기를 기대해본다. 물론 내 맘 속의 벽장 냄새 역시 오래도록 지워지지 않았으면 한다.

다림질

여름철에는 자주 다림질을 한다. 시원하게 여름을 나기 위해 자연소재의 옷들을 선호하기 때문이다. 그런 옷감들은 바람이 잘 통하고 착용감이 좋아서 즐겨 입지만 구김이 잘 가니 그게 좀 흠이다. 하루만 입어도 후줄근해지고 모양새가 나지 않아 다시 다리게 된다. 그렇긴 해도 살갗에 직접 닿는 촉감이 그만이니 여름에는 천연섬유 옷을 즐겨 입게 된다.

감물들인 인견 상의를 먼저 다리기 시작한다. 물을 뿌려 꼽꼽하던 천이 따끈한 다리미에 올올이 퍼지며 풀기가 되살아난다. 바느질 솔기 쪽에 힘주어 다리면서 옷모양새를 바로잡아 준다.

손수 베를 짜서 바느질하고 번거로운 공력으로 세탁과 다림질을 일삼던 옛 아낙들의 고단한 삶이 그려진다.

여름 저녁나절이면 어머니는 다리미에 숯불을 담아들고 대청에 오르시며 나를 부르셨다. 오목하고 동그란 쇠 접시에 막대손잡이가 달린 재래식 숯다리미였다. 내키지 않았지만 어차피 빨래잡기 일은 언제나 내 몫이었다. 어머니 맞은바라기로 앉아 치마 허릿단을 거머쥔 두 손을 곧추세운 무릎 위에 올려놓았다. 오른발 엄지와 검지 사이에 치마 끝단을 끼우신 어머니는 왼손에 한 자락을 잡고 다리미를 천천히 움직였다. 탱탱해진 치마폭을 오르락내리락 요리조리 꼼꼼하게 다렸다. 행여 손이라도 데일까싶어 조마조마 오금이 저리던 와중에 졸음은 왜 그리도 쏟아지던지. 깜박 조느라 빨래 잡은 손이 느슨해지기라도 하면 지청구를 듣고 다시금 다잡아 쥐곤 했다. 널따란 치마폭이 다려진 후에 끝단과 허리끈을 마무리하고 나면 훤하게 펼쳐지던 옥색 모시치마.

다리미불이 사위면 댓돌에 내려서서 입으로 후— 불어 재를 날려버린 뒤 뜬숯 몇 덩이 더 담곤 부채질로 되살렸다.

깃과 섶을 먼저 다리고 등판과 어깨선 소맷부리, 끝막음으로 조붓한 동정을 눌러 다린 후에 모시적삼이 횃대의 치마 옆에 사뿐히 걸쳐졌다. 베잠방이와 바지, 단속곳과 베갯잇들을 다림질하는 내내 어머니와 나는 후끈한 열기로 온몸이 땀에

절었다.

　지루한 다림질이 끝나기 무섭게 우물가에서 목물을 쳤다. 갓 길어 올린 샘물에 미숫가루 한 사발 타먹을 때쯤 어느 새 밤하늘엔 별이 총총했다.

　전기다리미가 나온 것은 70년대쯤이었다. 결혼해서도 한동안은 숯다리미를 썼는데 지금 다리미와 모양은 비슷하나 운두가 깊고 무거운 무쇠 다리미였다. 그 무렵에 친정어머니가 사다 준 전기다리미로 편하게 때깔 나게 빨래를 다릴 수 있었다. 지금 내가 쓰고 있는 바로 그 다리미다. 30년도 넘게 줄곧 써왔지만 고장 한 번 없었으니 신통하기 이를 데 없다. 100볼트 전압이 220볼트로 승압된 지가 언제인데 굳이 변압기를 사용해가며 고집스럽게 쓰고 있는 이유인지도 모른다. 어머니의 깊은 정이 담겨있기도 하거니와 오랫동안 손에 익숙해서 나만의 전용 다리미로 여직 함께 해오고 있다.

　남편은 요사이 자신의 옷을 손수 다림질해 입는다. 맘 내키면 내 옷까지 다려 주는 선심을 쓰기도 하면서. 정년 퇴임하고 시간이 여유로워진 어느 날부터 비롯된 변화이다. 일손을 덜어 주어 기분이 좋고 항상 깔끔하고 단정한 옷차림으로 밖에 나다니니 그렇게 고마울 수가 없다. 그래선지 다리미에 관심이 생겨 인터넷을 뒤져서 최신 다리미들을 사들이기도 한다. 옷걸이에 걸어 놓은 채로 슬슬 구김을 펴주는 작고 가벼운 다리미를 주문하기도 하고, 자동스팀 다리미를 구입해 놓고는 맘대로 골라가며 다림질을 한다. 다리는 솜씨도 일취월장(日就月將)이다.

내친김에 서너 가지 더 다리고 나서 전원을 끈다. 다림질로 매무새 가다듬은 옷들이 옷걸이에 즐비하다.

내 마음도 환하게 구김살을 편다.

아버지의 노래

"대장부 허량하야 부귀공명을 하직하고, 삼척동 일필려로 승지강산 유람할 제, 진시황 고국지와 만리장성 아방궁과 한무제 천추유적, 선인장 승로반과 연, 제, 초, 위, 한이며 오조 당월 노채송 도읍터를 다 본 후으~."

아버지의 단벌 지정곡 가사의 첫 머리다. 여느 때보다 주량이 좀 과하거나 기분 좋을 때 하던 노래인데 '후으~' 예쯤에서 으레 도돌이표 지키듯 첫 구절로 되돌아가 반복하여 부른다. 워낙 조용한 성품이면서도 노래만은 온 집안이 들썩이게 커다랗게 불렀다. 고성방가로나마 아버지 큰 목소리 들어봄이 신기할 지경이었다.

아버지는 가족에게 술로 인한 커다란 과실이 있다. 한국전

쟁 와중에 엄청난 고난을 안겨준 실수였다. 1·4후퇴 때 이야
기다.

아버지가 다니던 회사에서 차편을 주선하여 다 같이 부산으
로 떠나기로 하고 할머니 댁에 있는 나를 데리러 오셨는데,
공교롭게도 할머니는 큰독에 가득 술을 안쳐 놓은 참이었다.
온 집안에 술 익는 냄새가 진동했으니 한 잔 두 잔 마신 것이
그만 일을 내고 말았다. 기다리다 못해 달려온 어머니는 발을
동동 구르며 원망했지만 회사차는 이미 떠나버렸고 우리 가족
만 낙오되고 말았다.

이튿날, 불타버린 집을 버리고 서울을 벗어나기 위해 끊어
진 한강다리 아래 얼음판을 걸어야만 했다. 엎어진데 덮친 격
으로 아버지가 내리막길에서 무릎을 다치는 바람에 피난민 대
열에서 자꾸만 뒤처졌다. 인해전술로 물밀듯이 밀려오는 중
공군에게 덜미를 잡힐 형국이었다.

눈보라가 거세게 몰아치는 어둑한 첫새벽에 어서 떠나라는
아군 종용에 허둥지둥 발걸음을 재촉하는데 오다보니 아버지
가 보이지 않았다. 이상하게 여겨 자꾸만 묻는 나에게 동생을
당부하고 어머니는 고갯마루를 되짚어 내려갔다. 한참 후에
절룩거리는 아버지를 부축하고 올라오는 모습을 보고서야 가
슴을 쓸어내렸다.

전세(戰勢)가 다급하니 부상당한 아버지와 이산가족이 되기로 했다는 걸 후일담으로 들었다. 군수이던 외할아버지가 무기조달을 받으러 상경했을 때 시국(時國)을 오판하여 동행하지 않은 고집에다, 술로 인해 피난차편을 놓치게 한 실수로 가장의 체면은 이루 말할 수 없었을 터이다.

아버지가 부른 노래의 제목이 〈장부가〉라는 걸 얼마 전에야 알게 되었다. 시조가락 중 한 대목이거나 무슨 타령조의 노래려니 짐작은 했다. 판소리 명창 신재효(申在孝)가 개작해서 불렀다는 〈장부가〉는 단가로서, 아버지가 부른 '중모리'만으로도 여척 없는 몇 곱절 길이다. 아버지는 이 노래를 어느 소절까지 알았던 걸까. 그저 흥이 오르면 첫 대목만 읊조려본 것은 아닐까. 전문가 수준이라면 완창이 될까싶은 긴 단가를 아버지가 일삼아 배웠을 것 같지는 않다.

외가에 머문 동안 건설회사 근무 경력으로 학교 건축 사업을 이어갔으나 끝마감은 실패였다. 가세가 어려웠던 시기에 사범학교에 응시하고, 합격발표 후 아버지를 따라 집으로 가는 버스를 탔다. 그런데 맙소사, 차 안에서 귀에 익숙한 노래가 들리는가 싶더니 앞자리에 탔던 아버지가 "우리 딸이 사범학교에 합격했다"며 외치다가, 노래하다가 주정을 부렸다. 창피스러워 쥐구멍에라도 들어가고 싶고 차에서 내려버리고 싶은 딸의 마음은 아랑곳도 않고 말이다. 사촌오빠 집에서 마신 술김으로 슬하의 경사를 내품하였다고는 해도 사춘기 딸내미가 납득하기엔 마음에 겨운 일이었다. 세월이 지긋해서야 비로소 고개 주억거려지던 한마당 촌극 같은 기억이다.

당신의 손목시계를 졸업 선물로 물려주면서 사회에 첫발 딛는 딸에게 기대하는 아버지의 눈빛은 간절해 보였다. 교사가 되고나서 이따금 반주 곁들인 식사라도 대접해 드리면 근엄하던 얼굴에 화색이 돋아 이런저런 속내도 내보이던 아버지. '엄마 말을 따랐으면 좋았을 걸.' 고집으로 일관했던 지난날을 후회도 했다. 하지만 딸자식의 결혼도 못 본 채 훌훌 우리 곁을 떠나가셨다.

지우금 황천의 아버지는, 할머니가 빚은 찹쌀청주 서너 사발에 거나해져서 그간 익혀 두었을 〈장부가〉를 끝구까지 열창하며 장부다운 호연지기를 펴시리라 믿고 싶다.

어화 애닯고야 아니 놀고 무엇 헐거나
흔들흔들거려 더부렁거려 놀아 보자.

우리 동네 여의사님

웃는 얼굴, 상냥한 말씨.

대인 관계에 있어 누구나 갖추어야 할 덕목이지만, 늘 실천하면서 사는 사람은 흔하지 않다. 나이 탓인지 잔병치레가 잦아져 자주 드나드는 병원에서 그런 인물을 만나 본다.

오늘도 감기 몸살기로 길 건너 D병원에 들렀다. 한참을 기다린 끝에 진찰실 문을 열고 들어서니 밝은 표정에 노래처럼 맑은 음성으로 반갑게 맞이하는 그녀. 순수한 이미지를 지닌 여의사의 모습은 언제 보아도 아름답다. 대기실에 가득 붐비던 환자들이 이미 다녀갔고, 오전에도 상당수의 발길이 스쳐 갔을 시각이어서 지금쯤 진력이 났을 만도 한데 그녀는 변함없이 해맑고 쾌활하다.

농촌 인구의 구성이 노인 다수인만큼 병원의 고객도 노인이
압도적으로 많을 수밖에 없는 이곳 시골 병원의 주역은 여의
사이다. 평생 농사에 고된 노동력을 바치고도 아직 일에서 헤
어나지 못하는 고령의 단골손님들에게 의사의 존재는 병을 낫
게 하는 사람 이상의 의미일지도 모른다. 노인성 질환의 고질
병 증세를 장황하고도 반복적으로 늘어놓아서 진료 시간이 길
어져도, 부드러운 다독임으로 일관하고 있는 그녀는 의사이
면서 상담 치료사이기도 하다.

  D병원의 환자 대기실은 마치 노인 복지회관이나 노인정 같
은 분위기이다. 동전 없이도 수시로 먹을 수 있는 셀프 서비스
자판기에서 뽑은 차를 마시면서, 차례를 기다리는 노인들의
대화가 구수하고 정스럽다. 친절이 몸에 배인 간호사는 마을
로 가는 버스 시간 안내도 척척 해주고, 차를 놓치고 물리치료
실에 다시 들어가도 따가운 시선 보내는 직원 하나 없다.

  주사를 맞고 물리치료실로 들어간다. 전신에 쌓인 피로를
물리치료로 풀기 위해서다. 열대여섯 개의 침상이 들어앉은
치료실은 이 병원에서 가장 넓은 공간을 차지하고 있다. 검은
빛 돌침대들은 일제히 전열기가 가동되고, 각기 다른 소임을
가진 치료기들이 환자들의 몸을 어루만지고 있다. 뜨끈뜨끈
한 침대 위에 누우니 열탕에서 갓 꺼내온 찜질팩이 양쪽 무릎

에 얹혀진다. 아픈 부위를 물어가며 기기를 작동하는 치료사의 손길이 분주하다. 농사일로 굳은살이 박인 농군들이니 물리치료실은 항상 입추의 여지가 없다.

아까보다 훨씬 몸이 가볍다. 진찰비 외에 가산되는 물리치료비도 없음은 노인들의 가벼운 호주머니를 배려한 것이리라. 철따라 종종 딸기나 수박 혹은 풋고추, 호박 따위를 들고오는 단골 고객들의 마음은 손수 지은 농산물로 평소의 후의에 보답하려는 마음의 표현일 게다.

그간 몇몇 병원들이 이 지역에 병원을 개원하고 환자 유치에 애썼으나 번번이 폐업하고 떠나버렸다. 의사와 환자라는 객관적 관계를 넘어선 따뜻한 인연의 줄을 끊지 못한 건 아닐까. 의술과 인술을 함께 베푼 여의사의 고운 품성과 그녀의 경영 방침을 잘 따라준 간호사들의 노력의 결과이다.

틈틈이 뜨개질을 하거나 아이의 문제집을 체크하는 모습을 보기도 하는데 모성의 부드러움과 아름다움을 발견하는 순간이다. 때때로 진찰실을 떠나서 자연 속에 묻히고 싶은 욕구를 내비칠 때, 여의사로서의 그녀의 힘겨운 일상을 짐작해본다. 사람들에게 평안한 마음을 안겨주려면 그만큼 자신에게는 인내와 절제의 고달픔이 따르지 않을까 싶어서다.

편리한 도시에서 적절하게 멋진 삶을 구가할 수 있는 위치에 있으면서 젊음을 시골에 묻고 살아가는 그녀에게 박수를 보낸다. 아프리카 오지를 찾아가서 의술을 펴는 의사들도 더 없이 훌륭하지만, 대다수의 의사들이 꺼려하는 시골 병원을 지키며 살아가는 여의사의 삶도 멋스럽지 아니한가.

도회로 자식들을 보내고 힘겨운 농사일 버려두지 못하여 과로에 시달리는 노부모들에게 여의사는 효성스런 며느리이며 자상한 딸처럼 소중한 존재이다. 어느 할아버지의 말처럼,

"여기 의사 선생님은 우리 고을 보배여."

남강의 변주곡

　진주 성지를 돌아보고 있다. 인근 부대로 아들 면회를 온 친구네 가족에게 안내하려고 한다. 박물관 가는 길에 방송국 중계차를 만났다. 리포터는 오늘 성지에 온 연유를 묻는다. 진주의 자랑거리가 무엇인지에 대하여도 질문한다. 이곳 방송국의 '특별 기획 프로그램'을 제작하는 중이란다.

　진주가 고향은 아니지만 아이 셋의 탯줄을 묻고 반생 넘어 살아 왔기에 나름대로 이모저모를 자랑거리로 이야기할 수 있다. 논개에 얽힌 의암과 촉석루며 진주성과 김시민 장군에 관하여. 임진왜란의 유물이 전시된 박물관에 대한 소개와, 특히 진주성에서 내려다보는 남강의 아름다운 정경은 어느 도시와도 뒤지지 않을 명소로 자신 있게 자랑한다. 인터뷰를 마치자

"진주사람 다 된 것 같구나" 하며 친구가 웃는다.

전통찻집에 앉아 남강을 굽어본다. 하오의 햇살이 잔잔한 수면 위에 안온함을 더해준다. 조금 전에 성벽너머로 넘어다보던 푸른 강물의 깊고 그윽한 모습과는 다른 느낌으로 다가오는 강물. 은근하게 우러난 차 맛을 음미하며 해마다 열리고 있는 강변의 축제에 대하여 들려준다. 사월초파일 연등절의 재현을 연상케 하는 유등놀이를 시작으로 펼쳐지는 '개천예술제' 이야기. 수면에 닿을 듯 말 듯 출렁이는 가교로 남강을 건너보는 색다른 경험들. 인파에 떠밀려 다니다가 강가 난전에 오순도순 둘러앉아 웃음꽃 피우며 한 폭 풍속도를 연출하는 곳이 바로 남강이다.

예술제의 효시라는 '개천예술제'는 개천절 날 남강에서 발원하여 다시 이 강에 깃을 접는다. 열흘 동안 흥청거리던 난전들이 뜸해진 발길에 한 둘씩 떠나가고 시끌벅적하던 소음들을 남강이 잠재운 듯 평온을 되찾는다. 전야제와 함께 점등한 유등마저 소등되고 나면 내 가족 이름 새긴 소망등도 심지를 내린다.

다시 이어진 물새들의 무자맥질에 귀를 기울인다. 남강이야말로 진주 사람들에게 모태이며 어머니의 젖줄이다.

등대로 가는 길

　등대로 가기 위해 승용차를 '배 닿는 끝' 바닷길에 세운다. 차문을 열자 바람결에 실려 오는 비릿한 갯내음. 비탈길을 올라 학교 뒤편으로 꺾어드니 '녹산등대 가는 길'이라는 표지판이 보인다. 푹신한 잔디 사이로 반반한 자연석을 깔아놓은 오솔길이 깔끔하고 편안하다. 가을색이 짙은 구절초와 억새에 한눈을 파느라고 반대편 긴 목책 사이로 드넓고 푸르른 바다가 펼쳐진 걸 미처 몰랐다. 멀리 섬 끝자리에 하얀 등대가 한 점 그림처럼 보이고 내리막 갈래 길엔 동화 속 인어공주상이 초승달에 걸터앉은 모습이다. 녹산등대 가는 길은 거문도 등대길 하고는 사뭇 다른 느낌이어서 툭 트인 산책길이 시원스럽다. 햇살이 따갑든 말든 경치 구경에 사진 촬영에 한참씩 머물러도 마음은 마냥 상쾌하다. 우리 부부와 딸애랑 셋이 멋진 풍광 속에서 모처럼 즐겨보는 나들이라 그러한가.

어제는 거문도 등대를 찾아가는 코스였다. '목넘에' 너럭바위를 건너 나무계단을 얼마쯤 오르다가 동백숲길로 들어섰다. '1박 2일' 방송 팀이 등짐으로 장비를 나를 수밖에 없었을 조붓한 길이었다. 마침 어제 날씨는 가을 속의 폭염이어서 나무그늘이 고맙기 한량없었다. 한 시간 가까이 걷는 내내 해묵은 동백나무가 긴 동굴을 이루어 햇볕을 가려주었으므로. 한창 동백꽃이 흐드러질 삼월쯤에 이 길을 걸을 수 있다면 얼마나 향기롭고 싱그러울지 아쉬워하며 지루한 줄 모르고 걸었다. 바다근처를 걷고 있어도 시야에는 보이지 않아서 오붓하게 이야기꽃을 피울 수 있었던 아늑한 산책길이었다. 딸애 역시 아이 둘의 엄마인 것도 잠시 잊은 채 홀가분하고 즐거워보였다. 숲길을 벗어나자 망망대해가 드러났다. 백년이 넘은 유서 깊은 등대와 푸른 바다를 배경삼아 아빠 엄마 모습을 열심히도 찍던 딸애. 하얀 바위섬 백도를 바라보기 위해 지었다는 '관백정(觀白亭)'에 올랐으나 짙은 안개로 백도는 오리무중이었다.

오늘 녹산등대 쪽에서 바라본 백도는 구릿빛 인어조각상 너머로 희부옇게 형상을 드러내고 있다. 흰 바위섬이라서 '흰백

(白)’ 자를 쓰기도 하고 섬이 백 개쯤 된다하여 ‘일백 백(百)’ 자도 쓴다는 백도. 상백도와 하백도로 나뉘어 신비한 기암절벽을 이루며 바다 가운데에 떠 있다. 유람선으로 일주할 때 가까이 보았던 멋진 정경과 수많은 전설들을 다시 상기해 본다.

녹산등대는 무인등대였다. 태양열집열판만이 야간 근무에 대비하려는지 등대 아래 땡볕에서 졸고 있다. 어느 시인의 시 한 수가 무언의 환영사로 팻말에 새겨져 있을 뿐. 이 섬이 좋아 살러왔다는 시인은 거문도 등대 입구에도 이곳 등대 앞에도 시로써 자신의 숨결을 남겨두고 싶은가보다. ‘… 등대는 시인이 마지막 가야할 종점…, 오늘도 노란 민들레 다섯 송이와 소꿉장난 하다 간다.’ 라고.

때마침 등대 아래쪽에서 남녀 세 사람이 숨 찬 듯 올라오더니 반갑게 인사말을 건넨다. 모르는 사람끼리도 스스럼없이 알은 체 할 수 있음은 주변의 아름다운 경관 때문일 것이다. 더구나 마산에서 왔다고 하니 이웃사람이라도 만난 듯 친근감이 한결 더하다. 딸애가 만들어 온 약식과 홍차를 나누어 먹고 나서 다 같이 녹산등대를 뜬다.

돌아오는 길은 마을 안길을 택했다. 좁다란 오솔길 사이로 어촌의 나지막한 집들이 옹기종기 모여 있다. 바람막이 지붕

들이 움츠러든 형상을 하고 있다. 딸네 집 베란다 통유리가 널따란 테이프로 온통 붙여져 있다. 바닷바람의 위력이 상상되고도 남는다.

이 섬을 알리는 관광안내도에는 대부분 옛 지명이 그대로 실려 있다. 부르기도 듣기도 희한한 이름들이 아주 많다. 주로 바닷가 근처의 명칭이 그러한데 예를 들면 녹산등대 아래쪽이 '보듬고돈데' '뒤로내린데' 그리고 거문도 등대 밑쪽은 '배치바끝' '오지굴' 등이다. '산지끼여' '코바코맡' 같은 생소한 이름들이 현재도 그렇게 불리고 있는 모양이다. 대부분 원래의 터줏대감들이 대대로 고향을 지키며 살고 있어 옛 이름의 흔적이 많은 건지 나름 생각해 본다. 지금도 걸핏 폭풍주의보만 내리면 발이 묶여 오도가도 못하니 나그네가 발붙이기엔 힘겨운 게 섬 생활인 것 같다. 고어(古語) 같고 신기한 이름들을 되뇌어 볼수록 마음이 한 세기 전쯤으로 거슬러 가는 느낌이 든다.

지명만큼이나 낯선 사람들과 가까워지려고 무던히도 애쓰는 양이 딸과의 통화 속에 묻어나곤 했다. 더불어 봉사하며 친화를 도모하려는 일상이 애잔하게 느껴질 적도 있었다. 부모님 오신 소문 듣고 이웃들이 음식보시로 날라 온 싱싱한 생선회와 해산물들을 받으며 비로소 딸애 얼굴엔 감동이 서린다. 노력한 만큼 헛되지 않았다는 안도와 보람인 듯하다.

왕년에 낚시에 이골 났던 남편이라 저녁나절에 조손(祖孫)이 나란히 낚싯대 메고 나가더니 초등학생 손자가 더 많이 낚아들고 온다. 잡아온 횟감으로 맛있게 저녁밥 먹으면서 오늘 날씨만큼 환하게 웃는다.

촛불 의식

촛불이 서서히 타오르기 시작하며 어둠을 한 자락씩 밀어내고 있다. 엄숙하게 정돈된 고요 속에 성장(盛裝)한 여인들의 한복 자락이 꽃보다 아름답다. 먼저 이 지역의 무궁한 발전을 기원하는 초에 불을 댕기고 나서 세계의 가맹국 이름이 적힌 초마다 점화를 시작한다. 우리 모두의 앞날을 위한 미래의 촛불까지 밝혀지면서 색색의 70여 개 초가 타오르기 시작한다.

"이 촛불 의식이 진행되는 동안 우리들 스스로의 태도를 새 확인하며 우리의 헌신을 다시 한 번 다짐해야겠습니다. 켜진 촛불은 발전과 평화를 위하여 노력하는 사람들의 앞길을 환히 밝혀주는 것입니다."

본부에서 참석한 안내자의 음성이 마치 천상의 음성처럼 감명을 준다. 지금 이 시간, 전 세계 'B.P.W' 연맹국의 25만 회원들이 같은 의식을 거행하고 있다고 하니, 더욱 숙연하여 옷깃이 여미어진다.

지역 사회 활동을 하고 있는 여성들의 모임이 결성된 후 처음 치르는 '전문직여성클럽' 인준행사이다. 각계의 교육자, 언론인, 의사, 약사, 예술가, 공직자, 사업가들이 구성원으로 예사롭지 않은 인생을 열심히 살아온 중견 여성들의 집결체이다. 일의 추진력과 패기가 넘치면서도 어려운 당면 문제 앞에서는 신중하게 기획하고 조심스럽게 시행한다. 갈고 닦은 역량과 기능을 조금이나마 사회에 되돌리고자 슬기를 모아 토론하고 실천에 옮기면서 열성을 다한다.

오늘 '촛불 의식의 밤'은 우리의 사명감에 대한 다짐의 계기가 될 것이다. 50여 년을 한 해도 거르지 않고 실행해 왔다는 세계적 의식의 참뜻과 촛불마다 부여된 의미를 새기며 엄숙하게 기원한다. 가맹국들이 저마다 지향하는 바를 이루기 위하여 뜻을 모으는 의식이다.

우리 클럽은 '가정법률상담소' 개설이 첫 사업 목표로서 성공적이길 모두가 바란다. 이 지역의 힘없는 계층이 법률적 나눔의 혜택을 누릴 수 있도록 하기 위하여.

몇 해 전에 '학생상담자' 수련 과정을 마칠 때 오늘과 비슷한 프로그램이 있었다. 좌절감으로 방황하거나 벗어난 행동을 하는 학생들을 어머니처럼 자애롭게 선도하려는 취지로 처음 시도되던 수련의 장이다. 참가자들이 모두가 낯선 얼굴이면서도 합숙을 통해 꾸밈없이 자신을 드러내고 포용하며 열심히 임했던 경험은 특별하다. 마지막 밤에 펼쳐진 촛불 행진을 통해 깊은 사랑과 확신에 찬 사명감을 가슴에 안았던 밤이다.

칠흑 같은 밤, 경건한 멜로디가 흐르는 강당에서 앞 사람이 뒷사람의 초에 불을 옮겨 붙여주며 봉사의 메시지를 전한다. 촛불이 열에서 백으로 아니 그보다 더 늘어가면서 점점 주위가 밝아진다. 수련생 모두가 하나의 큰 원을 그리며 행진을 한다.

"사랑은 언제나 오래 참고 사랑은 언제나 온유하며….."

촛불의 빛과 우리의 노래가 거룩하게 하모니를 이루었다. 진심어린 다짐의 시간이 지나가고 조용히 차례차례 어둠을 헤치며 숙소로 사라져간다. 감성의 늪에 흠뻑 빠져 들던 촛불 행진이었다. 이후 고등학생들의 상담을 맡아 나름 열심히 일하면서 그날의 감격을 되새겨 본다.

촛불의 의미는 헌신이며 열망이며 희생이다. 자기 몸을 불태워 밝은 빛을 전해주는 촛불에서 박애정신을 배운다.

우리 가족의 촛불 의식은 섣달그믐 제야(除夜)의 종소리와 함께 갖는다. 새해를 맞는 간절함을 촛불 앞에서 기원한 것이 첫 번 시작이다. TV에서 제야의 종이 울리는 동안 방안엔 한 자루 촛불만이 하늘거리고 식구들은 각자 반성과 각오를 마음에 새긴다. 서른세 번 종소리가 멎고 나면 다 같이 촛불을 끄고 새해맞이 샴페인을 터뜨리며 케이크를 자른다. 지금까지도 해를 거르지 않고 치러오는 우리 집의 송년회 겸 새해맞이 의식이다.

의식이란 어떤 형식에 지배되는 것이지만 마음을 움직이고 다스리는 작용을 한다. 가끔씩은 그런 틀 속에 들어가 마음을 다지면서 삶의 지표를 찾아봄도 의미 있는 일이다.

오늘 밤, 전 세계 연맹국의 회원들이 밝히는 'B. P. W'의 촛불 의식이 헌신과 봉사를 다짐하는 장엄한 의식인 것처럼.

농(濃)익은 빛깔로 타올라서 어두운 장막을 걷어내고 있는 불꽃의 향연을 바라본다. 신비의 절정이다. 거기에 새로 태어나고 싶은 나의 모습이 보인다.

오
래
된 풍
경
화

아직 꼭 다문 입술처럼 수줍은 자태지만 볼이 발그레 숙성한 티를 엿보인다. 금세라도 가슴을 열어젖히고 분홍빛 투명한 속살을 드러내 보일 듯이 야무지다. 함지박은 본래 겉을 매끄럽게 다듬거나 고운 빛깔로 태를 낸 그릇이 아닌데다가, 석류 또한 우툴두툴한 껍질 탓인지, 함지박과 석류들은 잘 어울리는 한 폭의 정물화 같다. −본문 중에서

오래된 풍경화

　먼 수평선을 향하여 대숲의 짙푸른 그늘이 사선을 긋고 있다. 맞은편 모래언덕의 키 큰 포플러는 네 개의 그림자를 강물에 드리우고 잔물결에 흔들리고 있다. 수평선과 대숲, 모래언덕이 만나는 소실점 언저리에서 서서히 강물이 흐르기 시작한다. 점점 넓어지는 강폭을 따라 푸름을 더해가는 강물. 그림의 근경인 모래톱에 이르러 물살이 슬쩍 방향을 바꾸고는 오른편으로 비껴서 흘러간다. 반짝이는 모래와 거무스레한 바잇돌 서너 개가 색상 대비를 연출한다.

　오랫동안 간직해 오고 있는 유화 한 폭에 담긴 풍경이다. 고향처럼 살아온 진주 남강의 옛 모습이다. 그림 한 귀퉁이에 새긴 78'이라는 연도 표기로 보아 30여 년이 훨씬 넘어 보인다. 거슬러 헤아려 보니 그림을 그린 이듬해부터 갖게 된 그림이다.

화가 ㅎ선생님은 큰애의 담임이었다. 한 해 인연으로 그림한 폭을 얻게 되었다. 그러고는 근황을 전혀 모른다. 그림 속에서만 존재하는 분이다.

유화를 좋아하고 정물화나 비구상보다 풍경화를 즐겨 보는 편이므로 자주 시선이 간다. 소재가 남강이어선지 더욱 그러하다. 그림 속에는 아이들의 유년이 있고 나의 젊음도 있다. 한가롭고 평화로운 여백은 마음을 느긋하게도 하고 툭 트이게도 한다.

'명품 진주' 조성에 주력하고 있는 지금의 이 고장은 남강 주변의 변모가 가장 눈에 띈다. 모래톱은 컬러풀한 보도블럭이 깔린 고수부지가 되었고 시민의 산책로로, 주차 공간으로 부산하게 붐빈다. 울창하던 대숲은 성글어지고 강둑은 철책에 에워싸여 현대식 꽃 장식으로 멋들어지게 치장되어 있다. 비탈에는 유채꽃과 코스모스가 철따라 흐드러져 눈길을 끈다. 새로 다리가 놓여서 차들이 질주하고 수많은 사람들이 건너다닌다. 그림 속 정경과는 시간차가 느껴지는 변모이며 발전이다.

피아노 교습을 하다가 무심코 그림에 시선이 가면 감기려던 동공이 열리면서 눈이 편안해질 때가 있다. 고요하면서 푸르른 남강의 풍경이 눈을 위한 피로회복제인가 보다.

때로는 그림의 자리를 옮겨 방과 방 사이의 어둑하고 좁은 벽면에 걸어 본다. 맞바라기에서 들어오는 빛의 조명이 그림을 밝게 하면서 분위기가 확 바뀐다. 죽은 공간을 살려내서 인테리어 효과를 낸다.

내 집에 걸려있는 몇 점의 서화액자들은 모두 우리 부부와 가까운 인연을 맺은 사람들의 작품이다. 거실 정면에는 관현악과 합창지휘에 혼신을 불사르던 젊은 날의 남편 사진액자들이 걸려 있다. 어느 제자가 공연장에 갔다가 원격 촬영해서 스승의 날에 보내온 사진이다. 건너 편 벽에는 미성 선생에게서 받은 '화소조어(花笑鳥語)' 초서 글귀가 마주한다. '꽃이 웃고 새가 노래한다'는 의미로 남편의 예술혼을 북돋아주는 격려의 말이란다. 문정자 선생님의 홍매화 병풍이며 성현 고옥희 선생의 연꽃 족자도 친숙한 분들의 작품이어서 더 정겹다. 그림을 통해서 교감할 수 있으므로 의미부여의 폭이 깊어진다고 믿고 싶다.

풍경화를 다시 그윽하게 바라본다. 예나 지금이나 고즈넉하고 그윽하다. 다만 세월의 더께를 못이긴 액자는 금물이 벗겨져 낡은 티가 난다. 테두리를 교체할까 궁리하다가도 그대로 두고 있다. 오래된 그림에는 묵은 액자가 걸맞을 것 같은 마음이 든다.

　괘종소리로 시간을 알려주는 낡은 벽시계와 더불어 나와 삶을 함께하는 오랜 지우가 아니던가. 혹여 우연히 길에서라도 ㅎ화백 마주치면 차 한 잔 대접하면서 젊은 옛 이야기 풀어놓고 싶다.

코스모스 미로

흐드러진 꽃밭 사이를 거닐고 있다. '추억의 미로'라는 입구
의 팻말에 절로 발길이 들어선 탓이다. 시월 초하루 상큼한
갈바람이 슬며시 따라 나선다.

시골로 이사하고 나서 시내 외출 길마다 만나던 코스모스
꽃길이 하루 아침에 사라져 버려 한동안 섭섭하고 허전한 마
음이었다. 도로 폭을 넓히려고 강둑 아래 꽃길을 없앤 바람에
삭막한 강바람만 넘나들고 있다.

마침 코스모스 축제가 열린다기에 가을맞이 나들이에 나선
길이다. 북천 마을 널따란 휴경지가 온통 코스모스 꽃물결로
일렁인다. 높푸른 하늘과 뭉게구름 배경삼아 꽃들의 잔치가
한창이다. 들바람에 몸을 맡긴 가녀린 코스모스 춤사위가 초

가을 햇빛 위에 눈부시다.

외줄기 꽃대에 매달린 꽃송이들이 금세라도 날아갈 듯 가녀리게 보인다. 하늘하늘 하면서도 잘 견디어내는 강단을 지닌 코스모스 꽃들이 널따랗게 피어있다. 꽃과 한무리 되어 마치 주인공인 양 포즈를 취하며 사진을 찍는다. 혼자서 혹은 동행과 함께.

코스모스 꽃잎을 책갈피에 갈무리하던 고운 시간으로의 반추. 마른 꽃잎으로 크리스마스카드를 만드느라 머리 맞대던 여학생들의 순수함이 아련한 기억 저편에서 가물거린다. 추억의 미로를 거니는 탓인가. 상념은 절로 뒷걸음질을 하며 과거로 내닫는다. 고운 색지에 절절한 그리움 담아 마른 꽃잎 끼워 보내던 젊음을 구가해본다.

삶의 뒤안길에 다다른 길목이지만 쉼 없이 함께한 동행이 있었기에 힘겹지 않았으리라, 외롭지도 않았으리라. 서로 말 없이 이 길을 거닐며 각기 추억을 헤집노라면 같은 지점에 생각이 머무르고 있을지도 모른다. 오늘처럼 한 번쯤은 미래의 불확실한 미로보다 아름다운 추억에 잠겨봄도 괜찮을 성싶다.

꽃길을 나오니 마음이 코스모스를 닮았는지 한결 싱그럽고 상쾌하다.

길에 나서다

명절 끝자락 자투리 시간에 길 따라 마음 따라 달린다. 중산리로 접어드니 휴일답지 않게 한적하다. 아침녘에 떠나보낸 손주 이야기로 차 안은 와자지껄 지리산에 당도한 줄도 모른다. 한창 젊을 때 맺은 인연이 할아버지 할머니 되니 자손들 재롱 자랑이 화제일 수밖에 없나 보다.

산은 여전히 의연한 모습이다. 엊그제 아랫마을을 휩쓸고 간 태풍의 횡포를 모르는 듯 흔적조차 없다. 꼬불꼬불한 길을 유연하게 달리는 차창 안으로 향기 머금은 가을 바람이 가득하다.

중턱에 자리한 황토 집에 이르러 차를 멈춘다. 표고버섯 형상의 집모양이 이채롭다. 뒤뜰의 물레방아가 잘 보이는 창가에 자리를 정하여 앉는다. 호박덩굴에 깨꽃 문양을 새긴 실내등이 황토 칠한 천정 아래로 운치를 더한다. 오지그릇에 담아낸 산골 밥상의 정갈한 찬과 산채비빔밥이 명절음식의 느끼함을 닦아내듯 깔끔하고 맛깔스럽다.

계곡 옆 찻집에 들렀다. 맑다 못해 푸르른 산수가 널따란 바위에 곤두박질치다가 하얗게 부서진다. 이름이 희한한 '산사떡'과 '저녁노을차'를 차림표에서 골라낸다. 도토리로 만든 떡과 하얀 다기에 담긴 노을 빛 홍차를 산의 정기에 어울리게 지은 이름인가 싶다.

하산 길은 나선형의 산길을 감아 올랐다가 반대편 길로 내려가기로 하고 출발한다. 굽이굽이 오르다가 휘돌기도 하면서 단풍이 물들기 시작하는 숲에 눈을 맡긴다. 훤하게 트인 4차선 도로에서 지나쳐 온 길을 올려다보니 산허리에 층층이 흰 띠를 두른 것처럼 선명하다. 살아온 삶의 흔적을 길 위에 그린다.

화가 '모네'가 그린 풍경화 '바ー브레오' 길을 보면 하얀 신작로가 연상 된다. 먼 지평선에서 하나의 소실점으로 합일되는 기다란 길에 점점 좁아지는 가로수의 행렬들. 어쩌면 단순하기 이를 데 없는 '모네'의 그림은, 미술교과서에서 원근 표현기법의 모델화로 등재되곤 했다.

그림에서 소녀 적 어느 날의 모습을 그린다. 팔월 한낮의 열기로 인적마저 드문 길을 아버지와 내가 걸어가고 있다. 중년의 아버지와 열 두어 살쯤 먹은 단발머리 계집애. 키 큰 가로수가 갓길에 줄 서 있을 뿐 길고도 지루한 자갈길이었다. 이따금씩 질주해가는 트럭 꼬리에서 뽀얀 흙먼지가 일적마다 나무 뒤에 얼굴을 숨기곤 하면서 걷던 길. 아버지와 딸이 말없 음표를 찍으면서 걸어가던 그 길은, 이모할머니 댁 원두막으로 가는 길이었다. 이따금 아버지는 딸의 잰걸음을 가늠하고 길섶에 앉아 담배 한 대 피우면서 기다려 주곤 했다. 딸은 도랑물에 적신 손수건으로 땀을 훔치면서 가쁜 숨 고르다가 다시 걷곤 하던 길이다.

원두막에 도착해서 달콤하고 싱싱한 참외며 수박을 실컷 먹을 수 있다는 기대감이 아니라면 삼복더위 무릅쓰고 나서기엔 무리한 도정(道程)이다.

점심과 과일을 배불리 먹고 곁두리까지 한 입 거들고 나서야, 참외를 가득 넣은 배낭을 메고는 논두렁길 거쳐 신작로를 되짚어 걷는다. 어쩌다 운수 좋으면 얻어 타는 쓰리쿼터 트럭 짐칸에 서서 머리카락 흩날리며 신명나게 달리던 길이 '바-브레오' 길과 흡사하다.

살아오면서 걸었던 수많은 길. 탄탄대로가 있었는가 하면

다시는 걷고 싶지 않은 허망한 오르막길도 숱하게 많았다. 걸으면서 달리면서 살아온 삶의 뒤안길을 돌아본다.

어느 사이 승용차는 시내 한복판 신호등 앞에 멈춰 있다. 어디론가 가고 있는 다른 차들도 등을 켜고 기다리거나 혹은 달려가고 있다. 홀가분하게 나선 오늘의 나들이 길에 작은 행복을 수놓는다.

짭조름한 맛과의 작별

세 끼 밥상 대하기가 부담스러워진다. 혈당 수치가 올랐다는 의사의 진단을 받고부터이다. 덜 짜게, 덜 달게, 또 양을 적절하게 먹어야 한다는 식사 수칙에, 싫어하는 운동을 반드시 하라는 제약이 식욕을 떨어뜨리는 건 아닌지. 아무래도 원래의 식습관에 비해 도무지 간이 안 맞으니 밥 먹을 의욕이 나지 않는다.

여름 더위에 지쳐 입맛이 깔깔하다가도 밥상에 짭조름한 장아찌나 간간한 젓갈이라도 차려지면 밥 한 공기 거뜬하게 먹게 되고 새삼스러이 기운이 나곤 했는데. 밥도둑이라는 간장게장이나 올리고당과 진간장에 졸인 생선조림, 초고추장으로 버무린 더덕무침의 새콤달콤한 맛의 유혹을 쉽사리 외면할 수 있을까. 입이 심심하면 먼 길 마다 않던 '물레방아 집'의 간간한 피리 찜을 이젠 멀리해야 하다니. 곰곰 생각할수록 부아가

난다. 사는 재미가 없어지는 느낌이다.

인간의 기본 생활 요건인 의식주 중에서 식생활에는 유일하게 식도락이라는 수식어가 따라 다닌다. 입맛을 즐기기 위해 인터넷이나 텔레비전에 소문난 맛집을 찾아 나서는 요즘 세상이다. 이젠 연명하기 위한 수단 외에 맛을 음미하려는 식도락의 의미가 커질 만큼 삶이 여유로워진 것이리라.

딸애들이 모이면 어릴 적에 먹었던 음식이 화제가 된다. 군것질 거리나 반찬에 대하여 추억의 맛에 젖으며 즐거워들 하지만 이해할 수 없었던 한 가지에는 어이없다고 실토한다. 참기름과 소금을 섞은 작은 종지가 밥상 한 가운데에 덩그러니 놓여 있을 적 이야기다. 물론 소의 생간이나 처녑을 찍어 먹을 때는 으레 곁들이던 기름소금이지만 달랑 저 혼자 주요한 밥반찬인 양 밥상 한가운데에 올라 있었다는 것. 아이들 점심 끼니때면 자주 간장과 참기름에 날계란 넣고 밥을 비벼 주었고 더러 그걸 곁들여 내놓았던 기억이 난다.

아마도 나에게는 기름소금에 대한 남다른 환상이 있는가 보다. 그게 전쟁 탓이지만 피난 다니면서 찬거리가 마뜩찮으신 어머니가 임시방편으로 마련한 것이련만 고소하고 짭조름한 맛이 좋았던지 내 아이들 밥상에도 더러 놓아 본 모양이다. 어이없고 씁쓰레한 추억의 한 조각일 뿐이다. 지금도 시장에

나가면 남편이 좋아하는 닭똥집을 사오는데 삶아서 상에 올릴 때는 반드시 기름소금을 쓴다.

우리 몸은 소금이 없어도 탈이고 넘쳐도 탈이다. 몸속의 전해질로 건강에 미치는 영향에 대하여 경종을 울린다. 염분 섭취를 줄이라는 목소리가 그 어느 때보다 절실한 때에 나에게도 드디어 적신호가 온 것이다. 흔한 병이면서도 진행에 따라서는 후유증이 대단한 질병이어서 내심 겁을 먹던 터라 마음의 부담이 꽤 큰가보다. 초기에 다스리려는 의지가 강해져서 음식이나 운동에 신경을 쓰고 있다.

밥상을 차린다. 짭조름한 맛에서 삼삼한 맛, 아니 심심한 맛으로 바뀐 찬들이 대부분이다. 참깨 드레싱을 뿌린 어린 잎 샐러드와 데친 양배추, 순하게 지진 된장찌개와 간이 덜 밴 생선구이 등. 젓갈류를 배제하고 슴겁게 무친 나물반찬 나부랭이다. 국물이 맵싸하고 진한 해물 탕이나 알 탕 한 가지만으로도 한 끼니쯤 개운하게 해결할 수 있겠지만 별로 입맛 당기지도 않는 반찬을 이것저것 즐비하게 늘어놓는다.

백세시대를 살아가야 할 즈음에 막 살수도 없는 일. 몸이 하자는 대로 따르기 위해 맛깔스러운 음식의 매력을 이제는 멀리해야 할까보다.

짭조름한 맛이여 안녕. 식도락이여 안녕.

다시 그 골목길 거닐고 싶어라

아침 산책길에 나선다. 갓 세수한 얼굴에 스치는 산들 바람이 시원하다. 간밤에 지나쳐 온 시가지 한복판의 하천 길이 궁금하여 먼저 그쪽으로 발길을 옮긴다. 시내 중심가에 냇물이 흐르면 한결 운치 있는 도시일거라는 상상 때문이었다. 좁다란 물길 따라 말간 물이 고요하게 흘러가고 있다. 거울처럼 맑은 물빛 사이로 어린 물고기들이 노니는 양을 내려다본다. 검불덤불 한 오라기 없는 잘 정리된 하천 가장 자리. 기대 이상이매 내심 놀라움을 금할 수 없다. 문득 내 집 앞 방천이 떠오르며 스치는 생각들. 인근 축산 가옥이나 중소 가공 업체에서 몰래 흘려보낸 찌꺼기에 오염되어 희뿌옇게 변해버린 냇물과, 뭉쳐진 쓰레기 웅덩이가 물길마저 막아버려서 흉물스러워지고 만 다리 밑 풍경이 어지럽게 오버랩 되고 만다. 옛날 아낙네들의 빨래터였을 적에는 맑디맑았을 냇가 정경이 어쩌다 그 지경이 되었는지. 태풍 뒤끝 홍수 바람에 물이 넘치면 몽땅 쓸어가서 한동안 말끔하다가도 어느 새 도로 아미타불이 되어 버린다. 오늘 본 이곳 하천가의 아름다움은 하루 이틀에 이루어진 것 같지는 않다.

　정갈한 방천 가를 걷다가 골목길로 들어선다. 이른 아침이라 인적이 드물기도 하려니와 길에 주차해둔 차들이 없으니 산책하기에 그만이다. 룸메이트와 둘이서 도란도란 이야기를 나누면서 세대차를 넘어 교감하기에 아무런 방해도 받지 않는다. 군데군데 일정한 주차장에 소형차 몇 대가 서 있을 뿐 거리는 질서 있게 정리되어 있고 깨끗하기 이를 데 없다. 가게 안에서 한 여인이 나오더니 길가에 떨어진 담배 꽁초 한 개를 주워 들고 다시 들어간다. 거리가 휴지 한 장 없이 깨끗한 이유를 알 것 같다. 문득 달아오르는 내 얼굴. 관광객의 95%가 한국인이라는 어제 관광 해설사의 말이 생각났기 때문이다. 아마도 담배 꽁초를 아무렇게나 버린 소행의 장본인이 필시 우리 동족 아닐까 싶으니 창피스러워진다. 공중도덕에 있어 선진국임을 어쩔 수 없이 인정해야만 하는가.

　우리 조상들이 생각 없이 버려둔 우리의 섬. 이젠 엄연히

남의 땅이 되어버린 대마도에 와서 되돌릴 수 없는 역사의 씁쓸함과 함께 우리가 배워야 할 선진문화 질서를 목격해야만 하다니.

조용하고 정갈한 그 골목길을 다시 거닐고 싶다.

꿈길에서라도

거실 텔레비전 옆자리에 다소곳이 자리한 도자기 한 점을 본다.

두 뼘 남짓한 키에 내 새끼손가락으로도 주입이 불가능한 좁은 주둥이와 가느다란 목선에 비해 상체는 젖어미 가슴처럼 넉넉하다. 조붓한 밑동을 향하여 흘러내린 부드러운 선이 우아하고 곱다. 채 피우지 못한 연꽃봉오리와 널따란 연잎과 연밥이 어우러진 삽화 언저리에 새겨진 시구를 읽어 본다. 이월수 시인의 '인연(因緣)'이라는 시조의 한 대목이다.

마주친 그대 눈빛
가슴으로 껴안고

사루는 번뇌 속으로

잠 못 드는 因緣의 溪谷

　서른 해쯤 전에 이월수 시인이 도자기시화전을 열었을 때
내게로 온 이후 줄곧 한 공간에서 지내고 있다. 시인이 유명을
달리한 지금은 더욱 애틋해진 마음에 자주 눈길이 가서 하릴
없이 바라보는 시간이 늘어간다.

　월수 시인과의 첫 인연은 1975년 딸애들의 학부형이 되었
을 때였다. 처녀 시조집 '학연가(鶴戀歌)'를 출간한 지 2년 후
였는데 시화전을 보러 갔다가 받아왔다. 엄마이면서 시인인
그녀가 부럽고 멋져 보였다. 10여 년이 흐른 후 백일장을 기웃
거리다가 신문에 이름이 실렸고 신문사에 다니던 그녀의 눈에
띄게 되었다. 그로부터 등단을 권유하고 자신이 창립한 여성
문학회와 경남수필문학회, 진주문인협회에 가입시키는 등 문
학의 길로 이끌어 주었다. 알고 보니 동갑나기여서 더욱 친숙
해졌으나 문인으로서는 대선배였다.

　이월수 시인은 여장부다운 기질이 있어 단체의 수장으로 큰
몫을 해냈다. 가깝게 지내던 터라 자연스럽게 도와주는 소임
을 맡게 되었다. 회장과 총무로서 우린 잘 맞는 커플이었고
그래선지 궁합을 맞춘 부부 같다고들 하였다. 과감한 추진력

을 지닌 회장과 업무에 꼼꼼한 편인 내가 마치 천생배필처럼 어울렸나 보다.

진주문인협회 회장직을 맡았을 때도 당시 예총체육대회를 주관하는 부서로서 훌륭한 견인차 역할을 해냈다. 회원 모두가 유니폼을 착용하여 입장상을 받았음은 물론 경기하는 선수나 응원하는 회원들이나 활력이 넘쳤던 기억이 남는다.

시인의 첫 시집 '학연가'에는 이렇듯 카리스마 넘치는 모습과는 전혀 다르게 애잔하고 정서적인 작품들이 수록되어 있다. 시제도 거의 꽃 이름과 그리움이 가득 실린 연가(戀歌)들 뿐이다. 젊은 날의 슬픈 사랑을 아픔으로 지닌 채 한 생을 살아온 그녀가 시 속에서 울고 웃는 모습이다. 가까이서 바라보면 한없이 여린 여인이며 정이 많은 이웃이었다. 고향에서 줄곧 살았기에 학연을 비롯해서 수많은 인연 속에 얽혀 지내면서 모교든 사회단체든 문학관계 일이든 헌신적으로 앞장섰다. 그 공적이 열 손가락을 꼽고도 모자라지 않을까 싶다.

예쁘고 똑똑한 두 딸을 자랑스럽게 키워내고 남동생과 조카에게도 가족애가 유별나서 늘 최선을 다하고 싶어 하는 것 같았다. 홀로 살아가는 여인이 감당하기에 어찌 힘겨운 세월이 아니었을까. 사람들 가운데 어울려 자신감이 넘쳐 보였지만 어쩌다 속내를 내비치면 외롭고 쓸쓸함이 전해져서 안쓰러운 마음이 들 때가 많았다. 몸이 아플 때 따끈한 국 한 냄비와 약 한 봉지나마 전하러 가면 잔정이 그리웠던지 눈시울을 적시기도 했다.

그녀가 고향인 진주를 떠나고부터 뭔가 불운이 시작된 것은 아닐까. 공식적인 모임에서 말고는 만남도 뜸해질 수밖에 없어 객지에서 어떤 일이 있었는지 잘 알지 못했다. 여느 해처럼 김장 김치를 택배로 보내고 나서부터 소식이 끊겼다. 이따금 꿈속에서나 보일 뿐이어서 애가 탔다. 꿈을 깨고 나면 반가움과 안타까움이 교차하며 마음이 쓰였다.

뜻밖에 그녀의 부음을 듣던 날. 가슴이 내려앉는 전화에 잠시 말문이 막혔다. 백내장 수술을 한지 며칠 밖에 안 되었으나 급히 차편을 얻어 장례식장으로 갔다. 언젠가 고향을 찾아오면 늘그막 친구가 되어 정겹게 노후를 함께하고 싶었기에 허무하고 슬픈 마음이 밀려왔다. 오래오래 살면서 외손녀 시집 가는 모습을 봐야 한다더니….

생전에 숱한 인연들 멀리한 채 서둘러 떠나 가버리고 말았다. 두 딸이 나를 보자 눈물을 와락 쏟는다. 나 역시 펑펑 울고 싶었으나 눈물을 되도록 흘리지 말라던 안과의사의 말이 떠올라서 애써 눈물을 삼켰다. 영정 사진을 바라보며 가슴으로 울 뿐이었다.

지금도 가끔씩 그녀가 내 꿈속으로 놀러오곤 한다, 해맑은 표정은 아니지만 슬퍼 보이지도 않은 얼굴로, 명랑하지도 우울하지도 않은 평온한 모습으로.

자기 모습 닮은 도자기 항아리 내게 남겨 놓은 채 어느 날 갑자기 인연의 줄 끊고 떠나버린 시인이여. 가엾은 여인이여. 애달픈 친구여.

꿈길에서라도 두고두고 만나보고 싶네.

석류와 함지박

함지박에 담긴 석류. 거기에 가을이 앉아 있다. 은근하고 소박한 몸매로 그러면서도 정겨운 몸짓으로 투박한 함지박 안에서 가을은 다소곳이 웃고 있다. 어찌 보면 노르스름하고, 다시 보면 불그스름하게, 쉽사리 질리지 않을 빛깔로 석류는 수수하게 가을을 노래하고 있다.

한가위 차례상에 올릴 제수거리 마련을 위해 장보기를 하던 참이다. 올해는 음력이 일찍 온 탓에 더위가 가시지 않은 채 추석맞이가 되려나 보다. 그래서인지 시장은 명절 대목다운 신명이 덜하다. 드문드문 눈에 띄는 햇밤과 풋대추는 설익은 풋내만 풍기고 있다. 저잣거리를 이리 기웃 저리 기웃 누비면서도 선뜻 사고 싶지 않음은 때 이른 절기 탓인가 보다.

그러다가 우연하게 눈길이 간 것은 낡은 함지박에 수북하게 놓인 석류이다. 아직 꼭 다문 입술처럼 수줍은 자태지만 볼이 발그레 숙성한 티를 엿보인다. 금세라도 가슴을 열어젖히고 분홍빛 투명한 속살을 드러내보일 듯이 야무지다. 함지박은 본래 겉을 매끄럽게 다듬거나 고운 빛깔로 태를 낸 그릇이 아닌데다가, 석류 또한 우툴두툴한 껍질 탓인지, 함지박과 석류들은 잘 어울리는 한 폭의 정물화 같다.

　가까이 다가가서 허리를 굽혀 석류 하나를 집어 든다. 상큼함이 코에 닿기도 전에 입 안 가득 신물이 고여 저절로 목이 움츠러든다. 이젠 새콤한 맛을 즐기기에 무리한 나이인가 싶다.

　석류는 마치 젊음의 표상이라도 되는 것처럼 싱그러운 기억을 떠올리게 한다. 어쩌면 매끄럽지 못한 석류 껍질 같은 것이 우리의 삶이라면 추억은 석류 알처럼 달콤하다.

　아이들이 어렸을 적에 뜰이 꽤 넓은 한옥에 살았다. 앞이 툭 트인 마당에 종일 햇빛이 넘나들던 높다란 집이다. 난생처음 호미를 들고 뜰 한 귀퉁이에 텃밭을 일구었다. 고추 모종을 옮겨 심고 호박과 강낭콩 씨앗도 구해다 심었다. 사흘들이 잡초를 뽑으면서 흙내를 맡았다. 수세미 넝쿨을 처마 밑에 끌어 올려 그 아래 평상을 놓고 차를 마시거나 간식을 먹었다.

초등학교 저학년이던 아이들과 함께 강낭콩 관찰 일기를 쓰기도 했다. 주렁주렁 매달린 수세미 아래서 소꿉놀이하던 동네 조무래기들이 땅거미가 지도록 재잘거렸다.

해묵은 석류나무 한 그루가 문지기처럼 대문을 지켰다. 진홍빛 꽃잎을 흐드러지게 피운 봄이면 가지가 휘도록 열매를 매달았다. 가을이 무르익어 낙엽이 토방에 흩날릴 무렵, 소쿠리에 석류를 따서 수확의 기쁨을 누려 보았다. 축제 같던 젊은 가을이 그립다.

고향처럼 살아 온 이곳, 진주의 시목(市木)이 석류이다. 어떤 내력으로 석류가 이 도시의 상징목이 되었는지는 아직 모른다. 뜰이 있는 집이라면 흔하게 만나는 정겨움일까. 아니면 동의보감에 열거했듯이 열매에서 줄기, 뿌리에 이르기까지 버릴 것 없는 유용한 나무여서 그런가. 겉모양에 비하여 감칠맛 나는 속살을 칭송함인가.

무심해 보이는 첫 인상에 비하여 순하고 진솔한 속내를 지닌 이곳 사람들이 석류를 닮은 것 같기도 하다.

드러나지 않는 저 함지박과 석류의 은근한 어울림처럼, 오래오래 뿌리내리며 살아가고 싶다.

아이들 세상

　'드르륵' 문을 열고 들어서는 아이의 얼굴은 진땀과 먼지로 온통 얼룩져 있다. 개구리밥이 둥 둥 떠있는 병 속의 논물에 올챙이 몇 마리가 헤엄치는 모습이 보인다. 필시 하교 길에 논둑에 내려가 물장난 하느라고 옷은 젖었고 얼굴은 벌겋게 달아 있었다. 놀만큼 놀다가 아차 싶어 달려왔을 아이의 표정이 계면쩍어하며 내 눈치를 보고 있다. 피아노 치던 아이들은 우르르 달려들어 올챙이를 들여다보며 조잘댄다. 얼굴과 손을 대충 씻고 건반을 두드리는 아이의 뒷모습을 보며 나는 잔잔한 미소를 보낸다. 개구쟁이의 귀여운 모습에서 순수한 동심의 세계를 엿보는 것이 신선하다.

　아이들은 더러 해찰을 하느라고 제 할 일을 깜빡 잊을 때가 있다. 어떤 아이는 언덕에 올라 앵두나 산딸기를 따 먹다가 입가에 열매 부스러기를 덕지덕지 묻힌 채 들어서기도 하고, 때로는 우엉 잎사귀 따위에 달팽이를 얹어 소중하게 받쳐 들고 나타나기도 한다.

그런데 언제부터인지 아이들의 이런 모습이 줄어들고 있다. 불과 몇 해 전만 하여도 소박하고 시골다운 자연 속의 풍경들을 자주 볼 수 있었다. 서서히 시골에도 교육 열풍이 불어와서 동심의 여유를 앗아버린 탓이다. 요즈음에는 다급하게 문을 열고 들어서며 '선생님, 저 오늘 바빠요' 라며 서두르는 아이들이 늘어가고 있다. 농촌 아이들도 초등학교 입학과 동시에 두서너 개의 과외 학습 프로그램이 그들의 방과 후 시간들을 묶어 놓고 있다. 혹은 피아노나 컴퓨터, 태권도나 미술 학원에 가야하고 공부방에도 들러야 한다. 어느 요일에는 영어나 논술을 배우러 팀을 짜서 시내에 나가기도 하고 집으로 학습지 도와주는 선생님이 오는 날도 있다. 어차피 초등학교나 중학교를 졸업하게 되면 도시 학교 아이들과 겨루어야 할 것이기에 어느 정도 수준을 맞추어야 한다고 생각하는 부모가 늘어가고 있다. 하루가 다르게 변화하는 문명의 속도에 낙오하지 않기 위해서는 조기 교육에 동참해야 하고, 학년에 맞는 교육 프로그램을 선택할 수밖에 없는 현실이다.

하루 종일 하우스에서 일하는 부모나 맞벌이 부부의 경우는 사회 교육 기관을 적극적으로 이용하는 실정이다. 일을 마치는 시간까지 자녀들이 나름대로 유효 적절한 일과를 보낼 수 있기 때문이다. 아이들도 비교적 잘 적응하고 있다. 아침에 받은 용돈으로 간식거리 사 들고 들어오는 교습생 들을 나는 짐짓 모른 척 한다. 쉴 사이 없이 공부의 연속 시간을 보내는 그들이 어쩐지 안쓰러워서다.

　　학교 교육보다 사회 교육 비중이 높아지려는 요즈음 등교하지 않는 토요일, 소위 '놀토'가 생겨 더욱 부채질을 하는 것 같다. 자녀들이 어딘가에 맡겨져서 공부하고 있어야 마음이 놓이는 부모들의 조바심 탓이기도 하다. 사회 교육의 일원을 담당하고 있는 입장이면서도 교육은 역시 학교가 맡아서 해야 한다는 소신이다.

　　먹을거리도 풍성하고 볼거리도 놀 거리도 많은 살기 좋은 현대에 태어난 아이들을 보고 어른들은 말한다. '좋은 세상이다'라고. 하지만 때때로 동산을 누비며 진달래꽃이나 삘기를 따 먹던 우리 시대의 유년이 그리워지는 까닭은 무엇일까.

　　방아깨비나 잠자리 날개 접어 쥐고 피아노실 문을 들어서는 여유로운 동심을 나는 아마도 또 기다리게 되지 않을까.

마음으로 그리는 고향 옛집

오늘도 내 마음은 고향 옛집을 찾아 간다.

원효로 전차 종점 널따란 광장에서 오른쪽 골목 맨 꼭대기 축대 높은 집으로. 가파른 돌층계를 올라 현관문을 열면 이층으로 오르는 나무 계단 옆으로 길게 누운 골마루. 마루에 올라서면 응접실과 목욕탕과 부엌이 차례로 이어진다. 다시 왼편으로 꺾이면 할머니방과 오빠의 방, 대청마루를 사이에 두고 안방이었고 아버지와 어머니와 내가 그 방에서 지냈던 듯하다.

그리고 그 방들과 마루 앞에는 아담한 뜰이 있었지. 호두나무가 있었는지 마당에서 호두를 따고 겉껍질을 까는 광경을 보았던 어렴풋한 기억. 설날 무렵에 동네 여인들이 한복 차려

입고 와서 널뛰던 모습도 그려진다. 두꺼운 널판 한가운데 올라앉아서 이리 기우뚱 저리 기우뚱 몸이 흔들리면서 그렇게라도 명절놀이에 한몫 끼었던 옛 추억이 그 집에 서려 있다. 이층 방에서는 한강이 훤히 내려다 보였는데 때때로 또래 아이들이 놀러 오면 쌀 튀밥이나 간식거리를 올려다 주시던 젊은 엄마의 모습도 보인다.

학교에 첫 발령을 받은 해 겨울 방학에 상경해서 할머님을 찾아뵙고 그 집에 대하여 여쭈었다. 전쟁 후에도 여전한지 궁금해서였다. 이튿날 할머니를 따라 그 동네에 가보았다. 내가 살았던 옛집은 밖에서 보기에는 신기하리만치 그대로였다. 열대여섯 해쯤 세월이 흘렀고 더구나 호되게 한국전쟁을 치른 수도 서울이었으므로 전혀 뜻밖이었다. 계단을 뛰어 올라 현관문을 열어보고 싶은 충동이 마구 이는 것을 가까스로 억누르며 우두커니 한참이나 서 있다가 되돌아서고 말았다.

누구에게나 유년의 추억은 오래 잊히지 않는 걸까. 철없던 어린 시절을 종종 떠올리다 보면 한강이 내려다보이던 옛집과 '두껍아, 두껍아'하며 놀던 모래톱이 그려지곤 한다. 고향이지만 낯설기만 한 서울. 어렸을 적 기억 속에서나 뚜렷해지는 마음의 고향이 되고 말았다.

그리움을 위하여

제1회 황순원문학상의 첫 번째 수상작이라는 비중성과 다채로운 수상경력의 박완서가 저자라는 점에서 우선 이 소설에 대한 기대감이 꽤 컸다.

'그리움을 위하여'는 사촌간이면서 한집에서 나고 자란 두 자매의 노년기 삶을 산문 형식으로 서술한 단편소설이다.

작품 속의 화자인 '나'는 상대인 사촌 여동생보다 여덟 살 연상의 언니로 둘 다 환갑 진갑 다 넘긴 할머니 세대이다.

'나'는 유복한 부모덕에 남부러울 것 없이 자란데다 공부를 잘해서 부엌일이라곤 모른 채로 넉넉한 집에 시집을 갔다. 식모를 부려도 되는 여유 속에 손에 물 안 묻히고 살아간다. 그에 비하여 사촌 여동생은 궁핍한 가세에다 중학교 낙방을 핑계로 두 동생의 대학 뒷바라지를 하며 살림 밑천 맏딸 노릇을 톡톡히 해냈다. 얼굴 예쁜 인물값 하느라고 유부남과 열애 끝에 일찍 결혼을 하게 되는 사촌 여동생. 결혼으로 둘의 만남은 뜸할 수밖에 없었으나 제부가 빚보증을 잘못 서는 바람에 옥탑방 신세가 되고 몸져눕게 될 무렵쯤 다시 만나게 된다. '나'는 동생을 파출부 삼아 부리게 되는데, 음식솜씨 좋고 부지런한 천성 덕분에 호강을 누리면서 내심 기뻐한다. 후한 대가를 지불하고 세심한 배려로 물질적 도움을 준다는 우월감에 '나'의 남편 병수발도 들게 하는 등 수시로 일을 맡긴다.

잔잔하면서도 시시콜콜한 일상의 세속적인 이야기들이 비슷한 톤으로 계속되는 동안, 지극히 평범한 속세의 삶이 보편적인 서사체로 서술되고 있는 것에 지루함이 느껴질 무렵, 뭔가 비범한 소재에 특색 있는 문장전개를 기대한 만큼 예상에 부응하지 못한다는 생각을 하며 잠시 갸우뚱한 기분이 든다. 그러면서도 무엇에 이끌리듯 다시 활자 속으로 들어가게 되는 어떤 매력.

두 여인은 결국 앞서거니 뒤서거니 과부가 된다. '나'는 전

보다 훨씬 일손이 줄어드는 입장이 되었지만 동생의 형편을 돕는다는 미명 아래 종종 불러들여 일을 시키곤 한다.

어느 날 사촌 여동생은 무더운 옥탑방 생활에 지친 나머지 남해의 작은 섬 민박집 친구의 초대를 받아 '나'로부터 홀연히 떠나간다. 결국 동생은 잠시 다녀오리라는 애초의 계획과 달리 상처한 뱃사람과 재혼하여 섬에 눌러 앉음으로써 노년의 역전극을 벌이고 만다.

동생은 청정해역에서의 신접살림으로 활력에 넘친다. 그에 반해 언니인 '나'는 옥탑방을 지겨워하는 동생을 모른척한 자신의 이기심을 후회하는 마음과, 비천해 보이는 동생의 돌발적 결정을 비아냥거리는 심적 갈등에서 헤어나지 못한다. 결국 그녀가 떠나가 버리고 나서 비로소 상전의식에서 벗어나 진정한 동기간의 우애를 느끼고는 그리움에 젖는다.

남해 섬으로의 초대에는 응하지 않으면서 그 섬을 그리워하고 사촌 여동생을 향한 그리움을 가슴에 간직하게 된다. 메말랐던 가슴에 샘물처럼 솟는 그리운 감정에 축복을 느끼면서 동생의 남편이 낚은 싱싱한 도미가 부쳐오길 기다리지만 절대로 그 곳에는 가지 않으리라 맘먹는다. '그리움을 위하여'

조금은 지루한 부분도 있지만 은근한 이끌림, 수수한 것 같은데 날카로운 심리 묘사, 잔잔한 흐름 뒤에 시도되는 극적 전환에서 이 소설이 결코 예사롭지 않은 작품임을 뒤늦게 이해하게 된다.

물질에만 치중하는 이 시대의 의식 구조에 대한 경종이랄까. 긍정적인 삶을 살아가는 사촌 여동생을 통하여 이기적이고 허세로 포장된 '나'의 인격이 결국 설득 당하고 만다는 따뜻한 인간미를 작가 박완서는 의도한 것이라고 믿고 싶다.

마치 깔끔하고 담백한 음식을 먹고 나서 은은한 한 잔의 차를 음미 해보는 부드러운 여운이 남는 소설이다.

한국 여인의 삶과 전통 미학

— 서현복 〈조각보의 꿈〉의 수필 세계

鄭木日

한국문인협회 부이사장
한국수필가협회 명예이사장

1. 한국 여인의 생활미학

서현복 수필가의 〈폐백음식을 만들며〉〈다듬이 소리〉〈다림질〉〈바리때〉 등 작품을 읽으면서 반세기쯤의 옛 시절을 회상하게 만든다. 〈폐백음식을 만들며〉는 딸의 폐백음식을 만든 체험을 수필로 형상화한 글이다. 이 글을 읽으면서 어머니가 손수 일생일대의 솜씨와 마음으로 만들어낸 음식의 맛, 빛깔, 정성을 떠올려 본다. 〈다듬이 소리〉를 통해 가족의 의복을 손수 만들어 입히시던 어머니의 모습을 상기한다.

서현복의 수필에선 옛 한국여인의 삶과 전통미학을 현대에 알리고, 맛, 멋, 흥을 음미하게 한다. 서현복은 우리 전통문화를 경험한 세대로서, 민족 대대로 이어온 문화 풍습과 전통에서 우리의 미의식과 특질을 찾아내 재인식시켜 주고 있다. 그냥 놓쳐버리기에 아까운 규방문화의 면모와 체험을 수필을 통해 보여준다.

서현복의 수필에선 삶의 기록에 그치지 않는 민족의 메시지가 있다. 단순한 삶의 기록에 불과하지 않고, 삶의 발견과 깨달음을 통해 인생미학을 꽃피워 놓고 있음을 본다.

오늘날 수필문학의 번성에 따라 많은 수필들이 쏟아져 나오고 있지만, 단순히 삶의 토로에 불과한 글들이 많음을 본다. 수필은 자신의 삶과 인생을 담는 그릇이지만, 자신의 기록으로 그쳐선 안 된다. 자신의 체험을 통해서 인생에 대한 발견과 깨달음을 꽃 피워내야 한다. 자신의 체험이 독자들의 인생에도 유용한 자료가 될 수 있어야 한다.

서현복의 수필세계는 한국 전통미학, 한국여성의 부덕(婦德), 전통 예절과 문화의 숨결이 흐르고 있음을 본다. 아내, 주부, 며느리, 어머니, 할머니로 살아온 일생 동안 삶의 체취와 미소, 사랑의 온기, 고전의 빛깔과 향기를 담아낸 백자 항아리가 이 수필집이 아닌가 한다.

데뷔 이후 오랜 만에 내놓는 처녀수필집 〈조각보의 꿈〉은 작가 인생의 자화상이자 시대상과 삶이 고스란히 담겨 있고, 해방 이후 오늘날에 이르기까지의 생활문화와 여성의 삶이 그대로 드러나 있다.

서현복 수필가를 생각하면, 한국 전통적인 부덕(婦德)을 지닌 사람으로 느끼고 있었지만, 이번 처녀수필집을 통해서도 재확인하게 된다. 매사에 신중을 기하고 함부로 나서는 법이 없었다. 전통문화시대에 삶을 영위해 왔던 작가로서 한 소재(素材)를 다룰 적마다 오랜 통찰과 교감을 통해 정감과 깨달음을 보여주는 작품을 선보이고 있다. 작가로서의 바른 태도를 견지하고 있음을 본다.

2. 조각보에 담긴 전통 미의식

서현복의 〈조각보의 꿈〉을 보면, 이 작가의 수필세계를 짐작할 수 있다. 조각보는 여러 조각의 자투리 천을 모아 만든 한국 고유의 민속 보자기이다. 천이 귀하던 시절에 옷이나 이불을 만들고 남은 자투리 천을 모아 붙여 물건을 싸거나 밥상을 덮는데 쓰였다. 대부분 비단이나 모시 등 쉽게 손상되는 천연소재로 만들어졌다. 독창적이고 고유한 한국적 디자인 소재로 평가받아, 조각보의 색상과 면 구성 형태를 재가공하여 현대 복식이나 가구, 공예, 건축 등에 다양하게 응용되고 있다. 조각보에는 옛날 사람들의 생활모습과 헝겊자투리 하나도 아껴 다시 사용하였던 생활의 지혜가 담겨있다. 조각보는 크게 만들어 이불보나 문에 치는 발로 이용하였고, 멋을 내어 예단이나 혼수품을 싸는데 이용하기도 하였다. 일반사람들은 상보로 많이 썼다.

은은한 파스텔 톤과 원색계통의 다색구성과, 무채색 위주의 단색구성이 있으며, 대부분 불규칙한 구성으로 상호 복잡한 형상을 하고 있다. 한국인들의 소박한 멋과 예술성을 보여주며 아울러 절약성을 볼 수 있다.

조각보는 무기교의 기교, 무계획의 계획이라고 할 만큼 작위적이지 않고, 민중의 알뜰한 생활과정에서 자연스럽게 생겨난 것으로, 전문적 예술작품이 아니라 생활지혜의 소산이라 할 수 있다.

조각보는 한국 여인들이 일상에서 발견해낸 세계에서도 찾아보기 어려운 생활문화의 꽃이라 할만하다. 아무 쓸 데도 없을 성 싶은 헝겊자투리 하나씩을 모아 조합하여서 새로운 구도와 조화의 예술을 창조해낸 미의식이 돋보인다. 그냥 버려야 될 헝겊자투리들을 이어서 화려하고 새로운 세계를 창작할 수 있는 안목과 미의식이 뛰어났음을 알 수 있다. 여기서 한국 여성의 섬세하고도 기발한 미의식의 광채를 보는 듯하다.

어느 해부터인가, 어머니 다녀갈 적마다 삼층장 안에는 바느질품이 늘어 갔다. 폐백보, 예단보, 상보, 수저집, 술병 주머니 등, 시집 갈 외손녀들을 위하여 정성들여 만든 혼수용품들이다.

친정에 갔다가 한 밤중에 잠이 깨면 낮게 드리운 전등 불빛 아래서 바느질에 몰입하는 모습을 보게 된다. 소녀처럼 상기된 얼굴로 요모조모 궁리하는 표정이 더할 나위 없이 순수해 보인다. 비단 천의 씨와 날을 비껴 자르는 세모 내기, 둘을 대각선끼리 맞붙여서 네모의 조각무늬로 바느질하기. 필시 세밀한 정공을 요하는 작업일 터이며 명암과 색도를 고려해서 천 조각을 배열하려면 심미안을 요했으리라.

조각보는 당신의 혼신이 깃든 작품세계인지 모른다. 조각보 한 점을 완성하면서 깊은 상념과 시행착오인들 얼마나 거듭났을까. 봉재와 해체로 지새운 밤은 어느 만큼이었을까. 어머니가 꿈꾸어오던 이상향의 현신을 바라며 미처 이루지 못한 간절한 소망의 구도를 조각보에 새기고 싶었는지 모른다.

어머니 조각보의 기본소재는 세모이다. 색깔이 다른 두 조각의 세모가 맞추어져서 바른 네모가 되고 다시 긴 네모, 마름모 등으로 발전시켜 나가는 기법이다. 가로 세로 대각선으로 거침없이 벋어나가면서 카드섹션처럼 화려하고 다채롭게 펼쳐가고 있다. 거기에 오색구슬로 장식하고 꽃도 만들어 어머니만의 개성을 연출한다. 조각보의 문양과 배합에 아기자기한 효과를 더 하면서 꿈꾸는 길을 새겼을 것이다.

아름답게 툭 트인 곧은 길. 그 길은 당신이 지향하던 이정표였음이 분명하다. 이웃 젊은이들이 붙여 준 별명은 '문화재

할머니'였다. 그럴 때면 수줍은 듯 미소로 답하던 그리운 얼굴.

　　조각보 만드는 일을 '복(福) 짓는 일'이라고 선조들은 칭송했다. 보자기로 싼다는 것은 복이 나가지 않게 모으는 의미라면서 장려했다. 여염집 아낙들은 자투리 천들을 모아서 호롱불 아래 한 땀 한 땀 손바느질로 꿰매느라고 밤을 지새우다시피 하면서 복 짓기를 일삼았다. 작은 쌈지로부터 커다란 보자기에 이르기까지 다양하고 독특한 창작품들이 나왔음 직하다.

　　　　　　　　　　　　　　　　　　　　　 ―〈조각보의 꿈〉 일부

〈조각보의 꿈〉은 옛 한국 여인들의 삶과 인생을 떠올리는 화사한 한 폭의 그림 같다. 가부장시대에 가난 속에 살면서 낮이면 농사와 가사에 힘쓰고, 밤이면 바느질로 시간을 보내곤 했던 부녀자들의 삶이었다. 농경시대에 한국여성들에게 한밤중에 자수를 놓고 조각보를 만드는 일은 고단한 삶을 잊고 미의 세계에 빠져들게 이끈 창작의 시간이었다. 동짓달 기나긴 밤을 지새우며 미의 도취 속에 빠져들 수 있었다. 할머니나 어머니가 남겨놓은 조각보엔 한국 여성의 꿈과 이상이 올올이 맺혀져 있었다. 오늘의 많은 사람들이 밤이면 텔레비전에 정신을 팔고 있는 것과는 대조를 이루는 장면이기도 하다.

현대엔 결혼 혼수품 마련은 돈이면 무엇이든 백화점에서 구매할 수 있어서 신경을 쓰지 않는다. 옛 어머니들은 자식들을 위해 베개보, 조각보를 만들며 밤을 보내곤 했다.

서현복의 〈조각보의 꿈〉은 어머니에 이어 대물림하는 광경을 보여준다. 〈조각보〉의 계승은 세계에서 자랑할 만한 한국 규방문화의 전승 모습이 될 수 있을 것이다. 그럼에도 오늘날은 이 같은 전통이 대를 잇지 못함이 서글프게 생각된다. 무엇이든 돈으로 살 수 있는 세상이므로, 애써 조각보를 계승할 여인을 기대하기가 어려운 현실이 되었다. 베개보, 조각보에 아롱진 세계는 한국 여인의 그리던 유토피아의 모습이 아니었을까. 조각보는 매우 화려하고 육감적인 미의식을 보여주며 정중동(靜中動)의 미(美)를 드러내고 있다.

3. 우리 음식의 맛과 멋

서현복 수필가는 한국음식의 전승에 남다른 열성을 보여준다. 결혼, 회갑 등 잔치음식의 전통 계승에 의미를 두고 있다. 오늘날 '김치'가 세계에서도 각광을 받고 있지만, 한국의 전통 음식의 계승에도 관심을 둬야 할 일이다. 민족마다 고유한 전통 음식이 있기 마련이며, 전통 음식은 민족의 체질과 기질을 만드는 중요한 바탕이 되고 있다. 우리 음식의 우수성을 알고 음식 문화의 대물림이 필요함을 알려주고 있다.

무엇보다 우리 음식의 맛과 우수성을 인식시켜 나가는 일이 중요하다. 한국음식의 세계화를 위해선 무엇보다 가정에서 전통 음식의 대물림이 있어야 함을 말하고 있다. 차츰 음식 문화가 서양화 돼가는 풍조를 안타깝게 여기고 있다. 음식은 육체와 정신을 만드는 직접적인 바탕이 되며 생활문화와도 깊은 연관이 있다.

　서현복의 〈폐백음식을 만들며〉는 우리 전통 음식에 대한 애착과 전승을 바라는 마음을 담은 작품이다. 우리 민족음식의 고유한 맛과 멋을 살리며 계승하고 싶은 의식이 담긴 수필이다. 정성을 다해 음식을 만들고, 알맞은 조미료를 넣어 빛깔과 맛을 내는 데에는 정성과 솜씨가 깃들어야 한다. 음식 만드는 과정과 수필쓰기의 과정도 똑 같아 맛과 모양을 내려면 얼마나 세심한 정성과 힘을 기울여야 하는지를 보여주는 작품이다.

　깊어가는 겨울 밤 홀로 깨어 폐백음식을 장만하고 있다. 내일 모레로 다가온 친구의 딸 혼사에 쓸 예단음식이다. 구태여 모두가 잠든 적막한 시간을 택한 것은 좀 더 차분한 마음으로 정성을 기울이고 싶은 나름의 생각에서다.

　첫 일손은 때깔 곱고 모양새 고른 붉은 대추를 굵은 무명실에 꿰는 일이다. 함지에 담아 놓은 실팍지고 윤나는 알밤들을 에워싸듯이 가장자리부터 빙 둘러가며 실에 꿴 대추로 울타리를 엮는다. 꼭지를 뗀 자리에 잣을 끼우니 대추와 잣의 홍백 대비가 돋보인다. 원삼 족두리에 곱게 치장한 신부가 시어른께 큰절 올릴 때 꼭 있어야 할 음식이다. 자손 번창을 당부하며 새 며느리 다홍치마 자락에 던져질 귀한 과실이기에 흠 없는 것으로 공들여서 담아낸다.

곶감은 손끝으로 살살 매만져서 씨를 뺀 연후에 칼금을 넣는다. 위아래로 엇바꿔가며 접으면 하얗게 핀 분 사이로 곶감의 속살이 드러날 듯 말듯 국화꽃잎 모양이 된다. 건포도와 잣으로 꽃술을 박고 이파리 모양을 곁들여서 구절판 한 칸을 꾸민다.

이번에는 마른 오징어를 오릴 차례. 가장 공이 많이 드는 오징어 오리기는 일찍 시작하면 손놀림이 어궁하고 뒤처지면 지치기 십상이어서 일부러 순발력이 붙을 때쯤 해낼 요량으로 정해둔 순서이다. 겉이 반반하고 알맞게 건조된 오징어를 날렵하게 오려서 여러 문양을 낸다. 어줍게나마 이일을 흉내라도 내는 것은 순전히 어머니 어깨너머로 눈동냥 해둔 것이 전부이다. 어릴 적에 어머니는 집안이나 이웃의 혼례 때마다 밤잠 설치시며 오징어 오리는 일에 골몰하였다. 잔칫상에 올릴 술안주 감을 대오리 죽상자에 가득 차도록 미리 마련하곤 하였다. 모든 대소사를 이웃끼리 나누어하던 시절이니 미리부터 온 동네는 잔치 분위기다. 30촉 전등 불빛 아래서 익숙한 손놀림이 반복될 양이면 오징어는 금세 공작새가 되고 꽃이 되고 넝쿨로 태어났다.

거죽이 마를 세라 뒤주 안의 쌀 속에 묻어 둔 오징어가 새로 등장할 때마다 볼거리들이 늘어가곤 했다. 신기하기도 하려니와 오징어 부스러기나 다리 주워 먹는 군것질 재미도 쏠쏠해서 심심파적 어머니 곁을 맴돌았던 기억이 새롭다. 이따금 일손을 멈추시곤 당신이 오린 조형물을 들여다보며 잔잔한 미소 지을 때 한없이 순수하던 어머니 모습이 떠오른다. 내 딸들 시집보낼 때마다 든든하게 돌봐 주시리라 바랐더니, 돌아가시고 나서 혼사를 치르게 되어 구구절절 아쉽고 서운하였다.

—〈폐백음식을 만들며〉 일부

서현복의 〈폐백음식을 만들며〉는 작가의 체험을 형상화한 글이다. 친정어머니로부터 물려받은 음식 솜씨로 폐백음식을 만들면서 느낀 소회를 쓴 글이다. 오늘 날 가정에서 직접 폐백음식을 만들 줄 아는 여성이 있을까 하는 생각을 해본다. 폐백음식은 주문하여 배달시키는 게 상례화 되기에 이르렀다. 또 결혼식을 식장에서 하기 때문에 폐백음식을 맛보기도 어렵다. 결혼 의식용 음식으로 인식되고 있기도 하다. 이런 풍조 속에서 작가는 '폐백음식'에 대한 계승을 생각하고 있다. '폐백음식'은 우리 전통 음식 중의 백미가 아닐 수 없다. 가장 고급 음식 문화를 보여준다. 민족음식의 결정판인 폐백음식의 진가를 아무도 알아차리지 못하고, 계승하지 않은 시대의 아쉬움을 저자는 몸소 실천을 통해서 알려주려 한다. 참으로 가상한 모습이 아닐 수 없다. 한국의 전통 음식에는 영양만이 아닌 음양의 조화, 맛과 멋, 솜씨와 정성이 깃들어 있음을 알려주고 있다.

4. 소리로 들려오는 삶의 모습들

서현복 처녀수필집 〈조각보의 꿈〉의 세계는 한국 전통문화에 대한 통찰과 전승에 대한 작가의 생각 외에도 자신의 체험을 통한 인생의 발견과 깨달음을 꽃 피워놓고자 했다. 금년이 광복 70년을 맞는 해이지만, 우리 민족은 잃었던 나라를 찾고 전쟁을 거치면서 가난을 극복하고 세계가 놀랄만한 성장을 이루었다.

서현복의 〈다듬이 소리〉에는 세월 속에 지나온 삶의 소리들이 점철돼 있다. 작가는 〈조각보의 꿈〉에서 시각(視覺), 〈폐백음식을 만들며〉에서 미각(味覺), 〈다듬이 소리〉에서 청각(聽覺)을 구사하고 있다. 작가는 여러 감각 기능을 통해서 인생을 통찰하고 삶의 의미를 체득한 체험들을 유려한 수필언어로 구사하고 있다.

　한복 발표회 구경을 간 적이 있다. 장막이 열리면서 어디선가 아련하게 다듬이 소리가 들려 왔다. 조금씩 가까이 다가오듯 소리는 점점 커지고 있으나 무대 위에는 아직 아무도 없다. 이윽고 지하 이동 무대로부터 하얀 무명 한복에 흰 수건을 머리에 두른 두 여인이 마주 앉아 다듬이질하면서 두둥실 떠오르는 장면이 나타났다. 관중들은 숨을 삼키듯 시선을 모으다가 그제야 탄성을 토했다.

모시고 간 시어머님도 감격하였는지 한 동안 그 이야기를 되풀이하며 즐거워하였다. 하기야 다듬이질로 보냈을 젊은 세월이니 지난 삶을 반추하기에 좋은 실마리가 되고도 남을 일이다. 어머니 세대를 끝으로 다듬이 소리는 사라진 옛 소리로 남게 되고 말 터이다.

친정어머니가 쓰던 다듬이 방망이 한 벌을 간직해왔다. 별로 쓰임새가 없으니 다락에 넣어 두었는데 올 봄에 이사한 집에서 주인이 버리고 간 다듬잇돌을 발견하곤 꺼내다가 짝을 맞추었다. 그들은 아파트로 갔기에 다듬잇돌이 거추장스러운 물건일 수밖에 없었으리라. 정하게 닦아 거실로 끌어 들이고선 어머니의 손때 묻은 방망이를 올려놓았다. 용도를 생각하기에 앞서 고전미 나는 공간을 꾸며 보고픈 속셈에서였다. 시어머니도 당신이 쓰던 낡은 인두를 넌지시 얹어 놓으신다. 마루 걸레질을 하다가 눈길이 가면 친정어머니와 마주 앉아 다듬이질하던 그림이 빛바랜 삽화로 그려진다. 서툰 엇박자로 어머니의 숙달된 방망이 소리를 흠집 내긴 했어도 맞추려고 무진 애쓰던 기억이 방망이에 새겨져 있다. 어머니는 세상이 이리도 빠르게 변화할 줄 모르고 딸에게 다듬이질을 가르칠 속내가 아니었을까. 사실 모시 제품이나 삼베 홑청은 올이 짱짱하게 된풀 먹여서 다듬이질로 손질해야 풀기도 서고 가슬가슬하여 그 촉감이 다리미로 매끈하게 다린 것과는 비할 바가 아니다. 옛것은 옛 공정으로 공들인 만큼 제 맛이 난다는 생각이다.

올해는 삼베 홑이불이랑 베갯잇이랑 손빨래로 빨아서 오랜만에 다듬이질 한 번 해볼까나. '자근자근' '토닥토닥' 다듬이 방망이로 두드리면서 옛 정취에 한번 젖어봄은 어떠리.

길 건너 기와집 다듬이 소리도 마무리하려는지 느린 박자를 내고 있다.

— 〈다듬이 소리〉 일부

〈다듬이 소리〉는 현대에선 잘 들을 수 없는 소리이다. 여인들의 일거리였던 빨래도 세탁기가 대신하게 되었다. 예전에 한국 여성들이 빨래 감을 다듬잇돌 위에 놓고 방망이로 두들기는 소리는 일정한 박자에 맞춰져 은은히 울려지곤 했다. 지금은 사라지고 없어진 다듬이 소리는 농경시대의 의복과 삶의 정취를 담아내고 있었다. 다듬이 소리를 지금은 들을 수 없으나 옛 한국 여성들의 마음속에 남아 있는 애환과 정서의 음향이 아닐 수 없다. 우리 겨레는 여성들의 다듬이질로 희고 맵시 있는 옷을 입을 수가 있었던 것이다. 다듬이 소리는 이제 추억의 아련한 소리가 아닐 수 없다. 다듬이 소리를 들으며 아기가 잠이 들고 여인들은 마음을 풀어내기도 했다.

5. 한국여인의 삶과 정(情)의 미학

서현복의 〈조각보의 꿈〉은 한국 여성의 삶에서 피어난 정서와 생활율(生活律)을 보여준다. 인내와 슬기로 가정을 꽃 피워낸 삶의 숨결을 들려준다. 하나의 보자기일지라도 폐백보, 예단보, 상보, 수저집 등 쓰임새에 맞게 미의식을 발현했던 한국 여인들의 기지와 마음의 꽃을 알뜰하게 피워놓고 있다. 조각보 한 점을 완성하면서 얼마나 깊은 생각과 열중에 빠졌던가를 알려준다. 깊은 밤을 바느질 한 땀씩 놓아가며 사랑을 수놓았던가를 확인시켜 준다. 농경시대를 거쳐 오늘에 이르기까지 한국여인의 삶과 발자취를 여실히 보여주는 수필들이다. 문장에 고전적인 삶의 체취, 사랑의 온기, 정의 미학, 삶의 슬기가 반짝거리며 그 속에 정감의 꽃향기가 흐르고 있다.

서현복의 처녀 수필집 〈조각보의 꿈〉 상재를 축하한다.